—————— 阅读之前 没有真相

午 夜 文 库

尼古拉斯·布莱克

奈杰尔·斯特兰奇韦斯系列

尼古拉斯·布莱克
Nicholas Blake（1904—1972）

尼古拉斯·布莱克本名塞西尔·戴-刘易斯（Cecil Day-Lewis）。一九〇四年五月二十二日生于爱尔兰的巴林托勃市，一九〇六年母亲去世后，他随父亲来到伦敦定居。在牛津大学求学期间，他与著名诗人威斯坦·休·奥登关系密切，并协助奥登编辑了牛津诗集。一九二五年，属于他自己的第一本诗集问世。

一九二七年硕士毕业后，塞西尔·戴-刘易斯先后在几所学校任教，但收入微薄。为了补贴家用，他开始创作侦探小说。出版经纪人建议他必须区别诗人与小说家的双重身份，于是一九三五年，第一本以尼古拉斯·布莱克这个笔名发表的作品问世，名为《证据的问题》（A Question of Proof），绅士侦探奈杰尔·斯特兰奇韦斯首次登场。这位侦探几乎是以奥登为原型塑造的，不过在该系列的后期作品中，奥登的影子渐渐消失了。塞西尔·戴-刘易斯一共以尼古拉斯·布莱克这个笔名创作了二十部侦探小说，其中十六部属于奈杰尔·斯特兰奇韦斯系列。到了二十世纪三十年代中期，他终于可以靠写作维生，生活变得不再拮据。尽管当时的文学界对侦探小说这种"娱乐小说"颇有微词，但他本人从不认为创作侦探小说有失身份，反而对这种"二十世纪的民间故事"乐在其中。

奈杰尔·斯特兰奇韦斯的姓氏取自英国曼彻斯特的一所监狱，这名侦探毕业于牛津大学，办案之余他也是一名学者。在调查命案时他经常会引经据典，说话也经常暗藏机锋，他的查案风格常被拿来与约翰·迪克森·卡尔笔下的基甸·菲尔博士作比较。

除了写作，塞西尔·戴-刘易斯还先后在剑桥大学、牛津大学及哈佛大学教授诗歌。一九六八到一九七二年间，获颁桂冠诗人。第二次世界大战期间，他曾就职于英国情报部，并于一九五〇年受封OBE。他一生经历了两段婚姻，有四名子女，小儿子是三获奥斯卡最佳男演员奖的丹尼尔·戴-刘易斯。

一九七二年五月二十二日，塞西尔·戴-刘易斯因胰腺癌逝世。人们遵照他的希望，将他安葬于他生前深深崇敬的作家托马斯·哈代的墓地附近。

尼古拉斯·布莱克 重要作品年表

奈杰尔·斯特兰奇韦斯系列

1935　A Question of Proof
1936　Thou Shell of Death
1937　There's Trouble Brewing
1938　The Beast Must Die
1939　The Smiler with the Knife
1940　Malice in Wonderland
1941　The Case of the Abominable Snowman
1947　Minute for Murder
1949　Head of a Traveller
1953　The Dreadful Hollow
1954　The Whisper in the Gloom
1957　End of Chapter
1959　The Widow's Cruise
1961　The Worm of Death
1964　The Sad Variety
1966　The Morning after Death

非系列作品

1956　A Tangled Web
1958　A Penknife in My Heart
1963　The Deadly Joker
1968　The Private Wound

野兽必死
The Beast Must Die

[英]尼古拉斯·布莱克 著
四号 译

新 星 出 版 社　NEW STAR PRESS

致
艾琳和托尼

目 录

1	第一部分	菲利克斯·雷恩的日记
87	第二部分	河上一幕
107	第三部分	死亡的身躯
209	第四部分	揭露罪行
229	尾　声	

第一部分　菲利克斯·雷恩的日记

1937 年 6 月 20 日

  我打算杀掉一个人。我不知道他叫什么,住在哪儿,长什么样子。但我会把他揪出来杀掉……

  亲爱的读者,请原谅我写下如此戏剧性的开头。听起来像我的某本侦探小说的第一句话,对吧?只不过这次的故事永远不会被出版,所谓"亲爱的读者"也只是循例写写而已。或许也不只是这样。我正准备承认一项——会被世间称为"犯罪"的行为。任何罪犯,只要他没有共犯,都需要一位知己来听自己倾诉几句。莫大的孤独感、压抑的独处时光和对即将犯下罪行的担忧,对于个人来说实在是难以承受。终有一天他会说漏嘴。或者,如果他意志坚定,他的良心会背叛他。无论他是什么样的人——或鬼鬼祟祟,或担惊受怕,或狂妄自大——他内心那严格的道德卫士都会跟他玩起猫鼠游戏,逼迫他不慎吐露真相,诱使他自信过头,留下指向自己的重要证物,怂恿他犯下各种纰漏。若有良心全无之人,那任何法律与秩序的力量都无法制裁他。但其实每个人内心深处都残存着一点点赎罪的冲动,一股罪恶感,一名"城墙之内的叛徒"①。我们会被内心的缺陷背叛。即使嘴上打死不认,行动上也会不自觉地暴露。所以才有那么多罪犯喜欢重返犯罪现场。这也是我写下这些日记

---

①出自西塞罗的演讲。

的原因。阁下，我想象中的读者，各位伪君子，我的同胞，我的兄弟[①]，请倾听我的忏悔。我将对您完全坦承。如果有人能使我免受绞刑架的制裁，那便是您了。

在我精神崩溃后，詹姆斯借给我这间小屋让我休养。在这屋里很容易想起那场谋杀（啊，亲爱的读者，我没疯，您完全不需要有这种担忧。我从未比此刻更清醒。我是有罪，但没发疯）。我会想起那场谋杀……往窗外看去，金帽崖在夕阳下闪着点点金光，港湾中细碎的波浪涌动着，在我脚下约一百英尺的地方，船只像婴儿一样躺在柯布湾的怀抱里。您能明白吗？这些景象无一不让我想起马蒂。如果马蒂没被杀害，我们就会到金帽崖上野餐。他会穿上最喜欢的那件鲜红色泳衣，跳进海里玩耍。而且今天正好是他七岁的生日，我答应过等他七岁了，就教他驾驶小艇。

马蒂是我的儿子。半年前的某个晚上，他去村里买糖果回来，从马路对面回家。他可能只看到了两束平行的灯光从转角处射出，感到了一瞬间的绝望，然后撞击就让一切陷入了永恒的黑暗。他被撞进路边的沟渠，当场死亡。数分钟后，我找到了他。一袋糖果撒得满地都是。我一颗一颗地把它们捡起来——因为好像也没别的事可做了——直到我在其中一颗上看见马蒂的血迹。之后我就生了重病，脑膜炎，神经衰弱之类的。事实上，我确实不想活了。马蒂本是我的一切，苔莎在生下马蒂的时候去世了。

撞死马蒂的车并没有停下。警方也没找到肇事者。从马蒂遗体的伤势和被丢弃的状态看，警方认为凶手开过那个转角时

[①] 原文为法语，引自波德莱尔的诗集《恶之花》中的首篇《致读者》。

车速肯定有五十迈。我绝对要把那个人揪出来杀掉。

今天我实在没法再写下去了。

6月21日

亲爱的读者，我保证过对您完全坦承，但我好像已经打破了诺言。其实，这件事连我自己也难以面对。这是我的错吗？让马蒂独自去村里是错的吗？

唉。感谢上帝，我写出来了。因为太痛苦，我写这句话的时候笔尖差点戳穿纸面。我只觉得两眼发黑，好像要从溃烂的伤口中拔出一支箭。但疼痛也是一种解脱，让我可以仔细审视这慢慢置我于死地的箭头上的倒钩。

假如我没给马蒂那两便士，假如那天晚上我陪他一起去，或是让蒂格太太陪他，他现在就还活着。我们可以驾船在港湾里航行，去柯布湾钓对虾，或者在大黄花丛中爬下山坡——那种花叫什么来着？马蒂在的时候，总喜欢问清楚一切事物的名称。但现在他不在了，我孑然一身，也没兴趣再去探求。

我本希望他能独立成长。苔莎去世后，我独自抚养马蒂。我很清楚我可能会把他宠坏，所以我试着让他学会独立自主，让他面对风险。他已经独自去过村里好多次了，有时我在工作，他就会去跟村里的孩子玩上一上午。他过马路从来都很谨慎，更别提我们那边的道路上根本就没什么汽车来往。谁知道恶魔会突然从转角冒出来横冲直撞呢？我估计，他肯定是在向某个该死的女人炫耀车技，要不就是喝酒了。出事之后，他却不敢留下来承担后果。

亲爱的苔莎,这是不是我的错?你当然也不想我过分溺爱他的吧?你也不喜欢被过分保护和照顾,你生前就是个独立自强的人。不。我的理智告诉我,我没错。但我总会想起当时攥住那个破烂纸袋的小手。它并没有指责我,但也绝不让我放松,就像一个温和但纠缠不休的幽灵。我的这场复仇,其实只是为了我自己。

我想知道验尸官[①]有没有批评我的"疏忽大意"。在疗养院的时候,他们甚至不让我看报纸。我只知道似乎有若干不知名的人会被判过失杀人。过失杀人!他杀害的可是一名幼童。就算他真的被捕了,最多也就判个几年有期徒刑,然后他就又可以像疯子一般逍遥法外——除非终身吊销他的驾照。但真的有过这样的先例吗?我得先找到他,不让别人对他动手。杀掉他的这个人简直应该被授予花冠(我在什么书里看过这样的说法呢?),受万人敬仰。唉,别开玩笑了。我所设想的事情跟所谓的"正义"根本没半点关系。

可我很想知道验尸官说了什么。其实我已经差不多恢复了,却一直留在这里不回去,就是因为在意验尸官的话,也怕听到街坊四邻的议论。"看哪,是那个任由自己孩子被害死的人!反正验尸官是这么说的。"去他们的!验尸官也是。反正不久之后他们就有理由直接叫我杀人犯了,这点小事有什么好在意的。

后天我就回家。就这么定了。我今晚会写信给蒂格太太,请她把小屋收拾好。我已经直面过这件事中让我最无法忍受的一点,也坚信自己没错。疗养结束了,我要全身心地投入到我唯一该做的事情里去。

---

①在当时的英国,对特殊致死的案件,验尸官要进行调查,并有权将嫌疑人移交正式法庭受审。

6月22日

　　今天下午，詹姆斯赶来看望我，说："想看看你恢复得怎么样！"他人真好。他看到我状态不错，还有点吃惊。我说，都是多亏了这间舒适宜人的小屋。可不能告诉他我找到了一个赖以维生的新目标，不然可能会引出让人尴尬的问题，其中至少有一个是我答不上来的。比如"你是什么时候决定要谋杀X的？"（就像"你是什么时候爱上我的？"）这种问题，起码要写一整篇论文才能充分说明。而跟情侣不一样的是，计划谋杀的人可没那么热衷于谈论自身——尽管我很矛盾地写下了这本能作为证物的日记。他们一般是杀完人后才会放心地说话，但经常说得太多了，可怜的恶棍们！

　　好了，我幽灵般的倾听者，现在应该让您了解一下我的个人形象了——年龄，身高，体重，眼睛的颜色，是否具有实施谋杀的资质，等等。我今年三十五岁，身高五英尺八英寸，褐色眼睛。常见面部表情：忧郁仁慈，像仓鸮一样——以前苔莎是这么说的。奇怪的是，我的头发尚未变得灰白。我的全名是弗兰克·凯恩斯。以前我在劳工部有自己的一张办公桌（我不会说"有一份工作"），但五年前，我得到了一笔遗产，再加上我比较懒，于是辞了职，搬到了苔莎和我一直向往的乡村小屋。"她反正要死的，迟早总会有听到这个消息的一天。"[①] 莎士比亚如是说。虽说已经退休了，但天天只知道在花园里闲逛，或者搭着小船在海上发呆也说不过去，于是我开始写侦探小说，用的是"菲利克斯·雷恩"这个笔名。没想到这些小说还挺受欢

[①] 出自《麦克白》，莎士比亚著，朱生豪译本。

迎，给我带来了可观的收入，但我绝对无法把侦探小说看作严肃文学的一个分支，因此我从没有曝光过自己的真实身份。我的出版商也保证不会泄露雷恩的秘密。最初，他们很不习惯，竟然会有作者想跟自己的作品切断联系；但很快，他们就发现了其中的乐趣。他们莫名自信地觉得"神秘的作者"是很好的卖点，进而对此进行大肆宣传。据他们说，菲利克斯·雷恩的读者群迅速扩大（出版用语）。我倒是好奇，这些读者里面到底有多少人真的很想知道"菲利克斯·雷恩"的真实身份呢？

诚然，我不会苛责"菲利克斯·雷恩"，因为不久的将来他就会派上大用场。顺带一提，当我的邻居问我整天都在忙什么的时候，我都撒谎说是在为华兹华斯写传记。我确实很了解他，但若要我写他的传记，我还是宁愿吃一英担①的固体胶。

保守来说，我相当缺乏当杀手的资质。作为菲利克斯·雷恩，我稍微学习过法医学、刑法和警方办案的流程等知识。但我从没开过枪，最多也只是用药杀死过老鼠。我对犯罪学的了解告诉我，只有上将、哈雷街②的专家和矿老板们才能逃脱谋杀罪名。我这么说也许对非职业杀手们并不公正。

至于我的性格，从这本日记就能推断出来。我认为我的性格相当差，但或许这只是一种世故的自欺欺人……

亲爱的，永远不会看到这篇日记的读者们，请原谅我这番浮夸的长篇大论。当一个人孤独地困在浮冰上，在黑暗中迷失了方向，他没法不自言自语。明天我就回家了。希望蒂格太太把马蒂的玩具都送人了，我交代过她的。

---

① 英制为一百一十二磅，一吨为二十英担。
② 众多名医居住的地方。

6月23日

家里的小屋还是老样子。咳，不然呢？难道我指望有哪面墙会为马蒂哭泣吗？这是一种典型的傲慢——认为世界会因个人微小的悲伤而发生翻天覆地的变化。房子当然还是原样。只不过物是人非，已经有一条生命永远离开了这里。我看见转角处新放了一个写着"危险"的告示牌。亡羊补牢罢了，一如往常。

蒂格太太把自己的情绪控制得很好。也许她真的感到了悲痛，也可能她用这样伤感的语气说话只是想让我好受一点。重看时我发现这句话很恶心——我是在嫉妒那些深爱过马蒂、分享过他人生时光的人。上帝啊，我是不是正一步步变成那种占有欲过强的父亲？果真如此的话，那我就太适合谋杀了。

刚写完上面那句话，蒂格太太就进来了。她通红的脸上带着歉意和坚定，好像一个胆小鬼准备自我牺牲来告发什么黑幕，又像是刚刚从祭坛上走下的圣人。"我就是做不到，先生。"她说，"我没有那份勇气。"她突然开始大哭，吓了我一跳。

"怎么了？"我问。

"把玩具都捐掉。"她哭着答道。她将一把钥匙丢在我桌上，转头就跑了。那是马蒂玩具柜的钥匙。

我上楼去到马蒂的房间，打开那个柜子。我必须一次性处理完，否则再也不会有勇气开始。我盯着玩具看了很久，无法思考。模型汽修厂，小火车模型，只剩一只眼的旧泰迪熊。这三个是他最喜欢的。考文垂·帕特莫尔的诗句在我的脑海中浮现。

他摆弄着各种小物件，在他的领地里，
有一盒小棋子和一块红色血丝纹石头，
一片久经沙滩打磨的碎玻璃
和六七个贝壳
跟风铃草一瓶
还有两个法郎铜币，排列得仔仔细细，
以宽慰他难过的心情。

蒂格太太说的没错。要留下它们，需要有东西将我的伤口反复割开，不让它愈合。比起村里的墓碑，这些玩具才是更好的纪念。它们能让我保持清醒，它们预示着某人即将死亡。

6月24日

今早我跟埃尔德警佐聊了聊。据这位"工兵"说，现场找到了十四块碎骨头和肌肉组织，还有一毫克的脑物质。这位愚蠢的执法者细长的眼睛里满是狡猾和自大。不知道为什么，普通人面对警察的时候总会不由自主地僵硬起来，仿佛自己坐在一条小破艇里，而皇家海军军舰罗德尼号正势不可当地向你驶来。可能是害怕自己被警察盯上。一方面，警察对"上层阶级"总是心存戒备，只要对方走错一步，他们就会抓住那人的把柄，让事情一发不可收拾；另一方面，作为"法律与秩序"的代表，警察又敌视"下层阶级"，觉得百姓都是潜在的罪犯。

埃尔德像往常一样傲慢寡言，打着官腔。他有一个习惯性的小动作：一边揉搓自己的右耳垂，一边出神地盯着谈话对象头顶上方六英寸左右的地方。不知为何,这个动作让我特别烦躁。他说,调查仍在进行中,每一条沟渠他们都会仔细搜证,已经排查了大量信息,但目前还没有发现可靠的线索。显然,这意味着他们的调查走进了死胡同,但他们不愿承认。但这也让我看清了前路。一对一的战斗,很好,我很满意。

我给埃尔德要了一杯啤酒,这让他稍稍减少了防御的态度。终于,我从他嘴里撬出了一些关于"调查"的细节。警方确实已经调查得足够彻底了。他们让英国广播公司发布公告,呼吁事故的目击者主动协助调查,也尽职地排查了那里几乎所有的汽车维修店,查问了送修物品的情况,包括撞凹了的挡泥板和保险杠、损坏的散热器等。他们还走访了很大一片区域内的所有车主,用上各种审问技巧,旁敲侧击地确认车主在案发时的不在场证明。接下来,他们又在村里沿着那个混蛋可能驶过的路线挨家挨户地走访,连路边加油站的老板和机修工都接受了问话。看来,当晚是进行了一场汽车可靠性测试,他们认为那家伙可能是其中一个偏离原定路线的司机——因为他明显是急着加速,想抢回因走错路而浪费的时间——但当所有受试车辆到达下一个检查点时,却并没有哪一辆出现损坏。他们还通过这次与上一次的检测人员给出的时间计算出,没有任何一个司机有时间绕道穿过我们村。这里面也许有漏洞吧,但我想如果有的话警方也会发现的。

希望我已经从他那里套出了所有重要信息,同时又没有表现得过度好奇和冷血。一个经历了丧子之痛的心碎的父亲,会这么积极地想知道这一切吗?唔,我想埃尔德也不会发现病态心理的细微差别。但有一个可怕的问题:如果整个警察系统都失败了,我能成功吗?这简直像是在茅草堆里找绣花针啊!

等等！我若要藏起一根针，也许不会将它藏进草堆，藏到一大堆针里岂不是更好？分析一下：尽管马蒂的体重很轻，但埃尔德十分确定撞击对车头造成了损坏。而隐藏损坏的最好方法莫过于在相同位置制造更多的破坏了。假若我撞到了一个小孩，把挡泥板撞出了一处凹陷，要想掩盖这一点，那我应该会故意再制造一场事故——让车撞上一扇大门、一棵树或者其他地方，造成更大的损坏，这样就可以掩盖原来的痕迹了。

接下来我们的任务，就是查明那天晚上有没有车辆受到过这种冲撞了。我明天早上就打个电话问问埃尔德。

6月25日

太糟了，警方已经考虑过这点了。从埃尔德在电话里的语气可以听出来，他在极力控制自己对被害者家属保持尊重，不发脾气。他尽量礼貌地对我说，警方还不需要外行人来指导他们该怎样工作。用他的说法，邻近地区最近发生的所有交通事故他们都调查过，以此维护他们的"信誉"——真是个装腔作势的混蛋。

这转变让我既困惑又气恼。现在我无处着手了。我最初怎么会认为只要伸伸手就能抓到那个人？也许这就是杀人犯狂妄自大的第一阶段吧。今早和埃尔德通完电话后，我既焦躁又沮丧，不知道能做什么，于是到花园里踱步散心，但无论我看向哪里，满目皆是马蒂虚幻的身影，包括那些愚蠢的玫瑰。

以前，我偶尔会剪下几朵花装饰餐桌。当时还在学走路的马蒂喜欢跟着忙碌的我在花园里乱转。有一天，我发现他剪下了花园里二十几朵珍贵的玫瑰，那些是我为参加花展培育的一款极品暗红色玫瑰——"暗夜"。我对他大发雷霆，尽管我知道他以为自己是在帮我，但还是没控制住脾气。接下来的几个小时他都垂头丧气，信任和纯真就是这样被毁掉的。如今他不在了，这件小事带来的影响也随之消逝，但我还是心痛地希望当时没有对他发火——那对他来说绝不亚于世界末日。啊，该死，我怎么变得多愁善感了。我要编辑一本合集，把他说过的那些可爱的、稚气的话语收录进去。嗯，挺好的。不好吗？不好吗？我望着屋外的草坪，想起马蒂曾看见一条被割草机切成两半，还试图蠕动到一块儿的小虫，他说："看啊，爸爸，有一条虫子正在分流。"这句话像闪电一样劈中了我。在隐喻上有这般天赋，他也许可以成为一名诗人。

正是花园中的异常触发了这些伤感的思绪——早晨我在园子里散步时，发现所有的玫瑰花头都被人剪掉了。我的心跳停住了（就像我常在侦探小说中写到的那样）。有那么一瞬，我以为过去的六个月只是一场噩梦，马蒂依然活着。肯定是村里小孩的恶作剧吧。但这让我心情很差，觉得仿佛全世界都存心和我对着干。假若上帝公正且仁慈，他至少该给我留几朵玫瑰。我觉得该把这种"毁坏财物的行为"报告给埃尔德，但又懒得为此劳心费神。

原来人听到自己哭号呜咽的声音时会莫名感到难以忍受。希望蒂格太太没有听见我哭。

明晚我要到酒吧展开一次排查，看看有没有什么线索可供收集。总不能永远闷在家里郁郁寡欢。要不，睡觉前先去彼得斯那里喝上一杯吧。

6月26日

　　伪装会带来一种独特而紧张的刺激感。比如在某些故事中，主角的胸前口袋里装着炸药，裤兜里有起爆器，他只消一按就能把自己和二十码范围内的一切都炸上天——就是那种感觉。

　　我在和苔莎私定终身的时候就感受到过一次——心中藏着令人心动，却又危险无比的秘密。昨晚和彼得斯谈话时我又感觉到了。他是个好人，可能从来没遇到过比孩子出生、关节炎和流感更耸人听闻的事。我止不住地想，如果他知道有个潜在的杀人犯正和他坐在同一个房间里，还喝着他的白标酒，他会是什么反应？有一瞬间我差点忍不住将秘密和盘托出。我必须非常小心，这可不是过家家游戏。不过，就算我真的忍不住脱口而出，他应该也只会把我说的话当成胡话，但我也不能让他因此把我送回疗养院，或者更糟糕——让我受到"监视"。

　　我终于鼓起勇气向他提问，他说，庭审上没人提到我应该对马蒂之死负责。我舒了一口气，但还是有些不安。每次看着村民的面孔，我都迫切地想知道他们对我有何想法。比如安德森太太——已故风琴师的遗孀——为什么她今早为了避开我，刻意绕到了马路另一边？她以前一直很喜欢马蒂。事实上，她都要把他宠坏了，总会带草莓、奶油和她那些奇怪的果冻糖来给他吃。一旦她以为我没在看着的时候，就会偷偷地拥抱他——马蒂和我都不喜欢这些拥抱。哦，是，可怜的老太太没有自己的孩子，丈夫的死对她打击很大。我宁愿她把我砍死，也不想被她同情。

　　像众多过着与世隔绝的生活的人一样——我是说精神上——我会过分在意他人对我的看法。我抗拒成为人见人爱的那类人，但一想到自己可能很不受欢迎，又会让我深陷不安的泥潭。这可不是什么讨喜的性格——既想要鱼，又想要熊掌。我希望自己是那种不太引人注目的类型，既想四邻喜欢我，又希望他们跟我保持距离。不过，我也说过，我不算是个友好的人。

我准备去马鞍匠酒吧看看，在那里直面村民们的想法。说不定还能打听到新线索，虽然埃尔德他们应该已经问遍所有人了。

稍晚

过去的两个小时，我喝了快十品脱酒，但我还保持着百分之百的清醒。看来有些伤实在太深，酒精也起不到麻醉作用。大家对我都很友善。无论如何，在这次的案件中我不是那个加害者。

"太残酷了，这件事。"他们说，"给那人上绞刑都便宜他了。"

"大伙儿都很想念那小子，多可爱的娃啊。"牧羊人老巴内特说道，"那些横冲直撞的汽车，在村里就是祸害。要是俺，绝对要立法抵制！"

伯特·科森斯，村里有名的"万事通"说："都怪他们收路费咧。这就是原因，懂吗？都怪路费。唉，都是自然选择，你们懂吗？优胜劣汰，适者生存。我没有冒犯的意思，先生，发生这么惨的事，我也很同情你。"

"适者生存？"年轻的乔大吼，"那你又在这儿干嘛呢，伯特？怕是最胖者生存吧？"这话有些狠了，年轻的乔被众人喝止了。

他们都是普通人。对于死亡，他们不会自命不凡，不会愤世嫉俗，也不会过分多愁善感。他们对死亡抱着一种现实主义的态度。他们自己的孩子也只能听天由命，因为他们负担不起医疗、好房子，或者营养丰富的食物。他们绝不会怪我让马蒂尝试独立的乡下生活，因为他们也是这样养育孩子的。我隐约察觉到了会是这样，但另一方面，恐怕他们帮不上我什么忙。就像泰德·巴内特说的那样："俺愿意抛头颅、洒热血找到那贱人——做这事儿的人。事故之后，俺见到了一两辆车，但没留意……毕竟俺不知道出事儿了。那车灯可晃眼，车牌啥也看不清。这他妈的是警察的工作，但好像只有埃尔德在干活儿。"接下来，大家便趁着酒意，对巡佐业余时间的活动进行了一番诋毁性质的猜测，多是些粗鄙下流的猜想。

"狮子和羔羊和王冠"酒吧的情况也差不多。大家都很友善，但未能提供有用的信息。这个方法没有任何进展，得找一条完全不同的路线才行。但哪条路才是正确的呢？今晚我实在是太累了，不能再继续思考了。

6月27日

今天走了很长一段路，去赛伦塞斯特。途经一处山脊，我和马蒂曾在那里玩过一种用弹弓发射的滑翔机玩具。他对那玩具可着迷了。如果不是因为车祸，他也许会在未来某天死于坠机事故吧。我绝对忘不了他站在那里看着滑翔机飞行的样子——他神情庄严肃穆，还有点紧张，好像能单凭许愿就让滑翔机永远停在空中。目之所及，到处都有他存在的痕迹。只要我还留在这里，伤痛就永远不会淡去——但这正是我想要的。

还是有人想让我滚蛋。我窗前所有的圣母百合花和烟叶都被撕烂扔在了小径上。应该是凌晨时分下的手，午夜时它们还好好的。村里没有哪个孩子会连续两次搞这种事。这种恶意让我有点担心，但我不会被吓到。

一个异想天开的念头击中了我。有没有可能是我的某个死敌故意杀害了马蒂，现在又来摧毁我所爱的一切？好极了。这说明一个人如果太孤独的话，神智就会变得扭曲。如果继续这样发展下去，我早上都不敢往窗外看了。

我今天走得很快，把思绪甩在身后，终于摆脱了脑子里一直嗡嗡作响的声音。我现在神清气爽。好了，假想中的读者，若您准许，我想把我的思考写下来。我应该用什么样的方法来达成目的？最好把它写成一系列的命题和推理。如下：

（1）模仿警察的做法没有用处，他们有比我更强的能力来执行，但似乎所有调查方向都失败了。

那么，我就要利用我的强项。可想而知，作为一名侦探小说作者，我有能力把自己代入犯罪者的思维。

（2）假设我开车时撞到了一个小孩并使车身受损，我会本能地避开主要道路，尽快赶到修车的地方。不然可能会被人看到车身的损坏。但据警方所说，所有修车店都调查过了。案发后几天内送修的车似乎都与事件无关。当然，他们有可能被骗了，若真如此，我也无法证明。

然后呢？有三种可能：

（A）车子没有受损——不过专家的证词表明这不太可能。

（B）疑犯直接把车开进了一个私人汽修厂，一直将车锁在里面。有可能，但概率很小。

（C）疑犯自己偷偷地进行了修理。这无疑是最可靠的解释。

（3）假设他就是自己修理的，凭这一条能推断出其他信息吗？

能。他首先是名专家，手边有修车所需的工具。但即使是修理挡泥板上的一个小凹痕，也必须反复敲打，这绝对会把墓地里的死人都吵醒。吵醒！是的，他必须当晚立即修好车子，否则第二天车身上还是有伤痕。但在安静的夜里敲敲打打，肯定会吵醒别人，甚至引起怀疑。

（4）那天晚上他没有敲打汽车。

但是，不管他把车藏在私人还是公共车库，即使他忍得住把修理工作推到第二天，一早起来敲敲打打还是会引人注意。

（5）他完全没对汽车做任何敲打。

但还是必须推理出修理工作到底是如何进行的。啊，我真蠢！即使是修理一个小凹痕，也得先把挡泥板卸下来。若是这样，根据前面用排除法得出的结论，疑犯不能发出修车的噪音，那么他就只能拆下损坏的零件，并换上新的。

（6）假设他换了新的挡泥板——也许还有新的保险杠和一盏全新的车头灯，然后丢弃了损坏的零件。接下来呢？

那他必须至少是一个相当专业的机械师，有能力获取备用零件。换句话说，他肯定得在对外营业的汽修店工作。甚至，他必须是这家店的主人，这样才能掩盖某些零件神不知鬼不觉地消失了的事实。

天啊！终于有点进展了。我追查的人拥有一家汽修店，而且得是一家好店，否则就不会存一些备用的零件。但店面的体量可能不大，因为在一家大型店铺里，清点仓库存货的可能是职员或经理，而非店主。也许疑犯就是经理或职员。这不是又扩大了选择范围吗？唉。

我能推断出车辆受损的情况吗？从司机的视角看，马蒂应该是从左向右过马路的。马蒂的遗体被撞进了道路左边的沟里，这表明损坏会出现在汽车左侧，尤其是如果为了避开马蒂，车子向右急转的话。左侧挡泥板、保险杠或车头灯。车头灯——好像有些不对劲。思考一下，仔细想想……

是的！路面没有碎玻璃。怎样的车头灯最不可能被撞击破坏？有金属网罩盖住的那种。就是那种低底盘、开得很快的跑车上会有的车灯。一定是这样，只有专业的司机驾驶跑车才能高速转弯而不滑出道路。

总结一下。疑犯很可能是一名专业却鲁莽的司机，是一家汽修店的所有者或管理层，并且拥有一辆车头灯带有金属防护网的跑车。这可能是一辆相当新的车，不然原本的右侧挡泥板和新换上的左侧挡泥板之间的差别会被注意到。虽然我怀疑他可能处理过新的挡泥板，使其看起来稍显老旧——制造划痕、沾上灰尘，等等。哦，对了，还有——要么他的店是在相当偏僻的地方，要么就是他有某种带遮罩的提灯，否则他晚上开灯修车的话还是可能会被发现。而且，当天晚上他一定得再出去一次，丢弃拆卸下来的损坏零件。那附近一定有一条河流或一片灌木丛，他可以把垃圾藏进去——他可不能冒险将它们随便丢在自己汽修店的垃圾堆上。

糟糕，已经是半夜了，得赶紧睡觉。总算迈出了第一步，我觉得自己焕然一新。

6月28日

绝望。在清晨的阳光下,昨晚的那些推论显得如此不堪一击。现在仔细一想,我甚至都不确定是不是真的有汽车会在车头灯上装金属防护网。要说散热器,那肯定会装,但车头灯我确实不知道。诚然,要查证这一点并不难。但即使我整段推理都奇迹般地命中事实,我也没有接近嫌疑犯哪怕一分一毫。拥有跑车的汽修店主可能成千上万。事故发生的时间是晚上六点二十分左右。假设,他花了三个小时修好车并处理好旧零件,那也还有十个小时才到天亮,这意味着他的据点可能位于半径三百英里内的任何地方。出于避免暴露撞痕的考虑,他不会冒险停在任何地方加油,所以范围也许可以进一步缩小。可是,方圆一百英里内有多少汽修厂啊!我难道要逐家逐户跑去质问每一个老板,看他们有没有跑车吗?如果他说有,我又能怎样?可能性无穷无尽,令人沮丧不已。肯定是我对嫌疑犯的仇恨搅乱了我的心智。

也许这还不是我今天心情低落的主要原因。今早出现了一封匿名信。所有人都在沉睡的时候,那个人把信塞进了我的家门——此人应该是那个疯癫、下流的小丑,就是一直祸害我的花的人。这真的惹毛我了。信纸十分廉价,印着大写的印刷体,看不出特别之处。

你杀死了他。出了一月三日的事情后,你竟还敢在村子里露面,真让我吃惊。你不能放聪明点吗?这里不欢迎你,我们会让你生不如死,让你后悔回来。你手上还沾着马蒂的血。

看起来像是受过教育的人,或是几个人——如果"我们"并非一个随意的表达的话。唉,苔莎,我该怎么办才好?

6月29日

黎明前最是黑暗!狩猎开始了!让我向新的一天道一句平凡的问候。今早我心情还是很差,所以想去牛津找迈克尔聊聊。我开着车,抄了一条从赛伦塞斯特通往牛津的近路。那是一条小山路,我以前从未走过。最近下过雨,万物在阳光下闪烁,生机勃勃。我走神了,眺望着右侧的一片小山丘——那里长着葱葱郁郁的苜蓿,开满了星星点点的花,就像细碎的覆盆子洒遍大地——结果我的车哗啦一下开进了水坑。

汽车艰难地爬到路边,熄火不走了。我对引擎盖底下的知识一窍不通,每次我的车出这种状况,我就只会让它自己静静地待一阵,消消气。通常它很快就又能启动了。我下了车,抖落衣服上的水——车子开进水坑的时候,激起了一面巨大的水墙迎头拍向我。这时,旁边农场上一个靠在大门上的家伙向我搭话。我们就"淋浴事件"扯了几句玩笑话,然后他提到,今年冬天的一个晚上也发生过相同的事情。我心下一惊,但还是装作毫不在意的样子,闲扯般问他是哪一天。没想到这问题引出了重大突破。看得出来,他的大脑进行了一番高难度演算。他逐件地数着各种琐事,包括岳母的一次来访、一只生病的羊和一次收音机故障,最后他说:"一月三号。嗯,肯定是,就是一月三号。错不了。天黑之后。"

此时此刻——你应该懂那种感觉，一些毫无关联的愚蠢念头擅自冒了出来——我发现脑海里出现了一个词组："浸洗于羔羊的血中。"我记得是在路上，卫理公会派一座小教堂外墙上贴的海报上有这些文字。不祥之兆。紧接着，"血"这个字眼让我想起了昨天收到的匿名信——"你手上还沾着马蒂的血。"就在一瞬间，眼前的迷雾一扫而空，我甚至能在脑海里播放出栩栩如生的画面：杀害马蒂的凶手像我一样快速冲入水坑，但他是故意的，为的是冲洗掉车上的血迹。

我口干舌燥，尽量装得随意地继续向他提问："你还记得是几点吗？那个人把车开进水坑的时候？"

他花了点时间回忆，一切都悬而未决，然后他说："不到七点。六点五十，四十五左右吧。嗯，差不离。在六点四十五左右。"

我猜我那时的表情肯定跟抽象画一样夸张。眼见他好奇地看着我，我赶紧装出很兴奋的样子："哈，肯定是我那朋友了！他跟我说过，有一次从我家出来之后迷路了，在科茨沃尔德的哪里把车开进了水坑。"我乱编起来。

靠着烟幕弹的掩护，我的大脑高速运算起来。我来到这里花了半个小时多一点。假设 X 先生本就知道路线，无须停下来查地图，而且他的车开得又快，那么在六点二十分事故发生后，他完全有可能在四十五分左右来到这里。二十五分钟开了约十七英里，平均每小时四十英里，对跑车来说并不难。于是我赌上一切，又问了一个问题："他开的是辆车身很低的跑车，对吗？开得很快？你记得品牌型号吗？或者车牌号？"

"那辆车确实是很快驶进了那个水坑，但我不太清楚品牌型号什么的。当时天很黑，懂吧，那车头灯又晃得我眼花。大老远就看见那车灯了。也记不清车牌号了,好像是有'CAD'之类的。"

"就是它!"我说。CAD说明是格罗斯特郡的汽车牌照,范围在逐步缩小。开着明亮的车前灯还能开进水坑,肯定是脑子有问题。除非他就是故意想激起水花,以此冲走车上的血迹。我是因为看风景走神了才开进水坑,但是没人会在漆黑的夜里看风景。为什么我之前没有想到血迹?显然,如果X在返程途中被拦下,车上的血迹很可能就会被发现,而且解释起来远比撞坏的挡泥板难得多。另外,要是停下车用布擦去血迹也会有一定的风险——沾染血迹的布料同样很难处理。可以说最便捷的方法就是把车开进水坑,其他的交给水就行了。我推测,他会把车停下彻底检查血迹有没有被洗干净。

我意识到那人还在和我说话,他朝我眨了眨眼,棕色灯芯绒似的脸上带着一丝狡黠的神色:"她可真是美得百年一遇,对吧,先生?"

一开始我以为他是在说X的车。随后,我震惊地明白过来他是在说X先生本人——或者现在应该叫X女士?不知出于何种原因,我从未想过自己追查的人有可能是女性。

"哦?我还真不知道我朋友还带着,呃,带着朋友。"我开始结巴,只好尽力掩饰。

"啊哈!"他说(蒙混过关!感谢上帝!)。也就是说车上有一男一女,那蠢猪肯定是在美女面前得意忘形,跟我猜的一样。我诱导他描述"我那朋友"的外貌特征,却没什么收获。"一个得体的大块头,说起话来很讲究。他的女朋友则情绪激动,毕竟那样冲进水坑应该把她吓着了。她不停地说着'哎呀,赶紧啊,乔治。我们不能整晚都耗在这儿'。但那男的倒是不急,像你现在一样站在那里,靠在挡泥板上,说话和蔼可亲的。"

"靠在挡泥板上?就像这样?"这好运气简直让我快缺氧了。

"对啊,没错。"

你想啊,我现在就靠在车子的左挡泥板上,正是我推测 X 的车会受损的那边,而 X 当时一直靠在它上面,就是为了避免被人看见撞击痕迹!我尽可能迂回地问了更多问题,但没能更进一步地了解到 X 和他车子的信息。无计可施了。我没话找话、装作低俗的样子说:"好啊,我可得问问乔治哪来的小女朋友!可不该做那种事啊,对吧?他都结婚了!不知道那女的是谁呢。"

这句无心之言意外地正中靶心,那小伙子挠了挠头:"这么一想,我知道她的名字,只是一时想不起来。我上周看过她的电影,在切膝汉姆。她只穿着内衣——真没几块布。"

"她只穿着内衣拍的电影?"

"可不嘛,只穿着内衣,把我妈吓得不轻。她叫什么来着?喂,老妈!"

一位妇人从农场里走了出来。

"老妈,咱上周看的那电影叫什么?第一部。"

"你是说加片吧?[①] 好像是叫《女仆的膝盖》[②] 吧。"

"啊,对,没错,女仆的膝盖。至于那年轻美女——演的是波莉,那个女仆。嗨,其实根本没有重点拍膝盖嘛。"

"太过分了,我觉得。"那位母亲说,"当时放映的正片是《我们的葛迪》,葛迪她可既没穿蕾丝内衣,也没时间跟那个波莉一样卖弄风骚。要是她敢,我绝对让她好看。"

[①] 指电影正片放映前加映的影片。
[②] 原文为 housemaid's knee,字面意思为女仆的膝盖,实际意思是髌前囊炎。

"你是说，那晚和我朋友在一起的女孩是在电影中扮演波莉的人？"

"先生，我也不敢保证啊。要是搞错了让那位先生惹上麻烦也不好，是吧？呵呵，呵呵。车里那小姐大部分时间都背过脸去，你懂的。要我说，她是不想被认出来。那位先生打开车里的灯时，她马上生气地吼道：'把那破灯关上，乔治！'那一瞬间我瞥见了她的脸。后来我在电影里看到那个波莉时，马上就认出来了，我跟我妈说：'嘿，老妈，这不就是那晚咱农场外面那辆车里的小姐吗！'妈，没错吧？"

"确实。"

很快，我向这对母子告辞，临走前暗示他们一定要对此事保密。即使他们真的跟人说了，也只会谈谈两人之间的不正当关系。我故意使了些计谋来加深他们对此事的印象。他们不记得女演员的名字，所以我直接开车去了切滕汉姆寻找答案。《女仆的膝盖》是一部英国电影，光看片名就能猜到——典型的下流粗俗的英式"智慧"。女演员名叫莲娜·劳森。人们称她为"性感新星"（哈，瞧这是什么话！）。这部电影本周会在格罗斯特上映，我明天得去仔细看看。

不怪警察没有找到这些证人。他们的农场地处偏僻，而那条小路即使在白天也少有车辆经过。农场的人也没有听到ＢＢＣ的呼吁声明，因为那一周母子俩的收音机坏了。再怎么说，谁会把一对开着车的小情侣跟二十英里外的一起交通事故联系到一起呢？

以下是关于Ｘ的最新情况。他的教名是乔治，有格罗斯特郡的车牌。再结合他知道水坑的存在这点来考虑（他肯定没时间去地图上慢慢找一个），他很有可能住在乡下。并且，莲

25

娜·劳森是他的弱点——是的——当我那位农场的新朋友跟他们搭讪时,她显然吓坏了。所以她才会说"哎呀,赶紧啊!"并尽力避免让人看到她的长相。我下一步准备与她取得联系。她肯定会在压力下崩溃的。

6月30日

今晚看到莲娜·劳森的长相了。不得不说,是个相当可爱的姑娘。我很期待跟她正式见面。不过上帝啊,那电影完全是垃圾。吃完早餐后我花了很长时间查找郡里所有汽修厂老板的名单,看有多少是以G开头的。最后列出来十多个。这种感觉很怪,我看着名单上的名字,知道自己会把其中一个杀掉。

作战计划开始占据我的思路。不过在考虑好大纲之前我是不会把它写下来的。不知为何,我总觉得"菲利克斯·雷恩"会有用武之地。但想想,我必须留意无数可笑或无聊的细枝末节,才有机会接触到猎物,更别提还要策划谋杀他。这简直像是在组织一场大型的珠峰攀登活动。

7月2日

一个表明人类智力不可靠的有趣证据:两天来,我一直在费尽心思制订一个完美的谋杀方案,直到今晚我才意识到其实完全没必要。原因是:除了我以外(也许还有莲娜·劳森),没人知道是"乔治"害死了马蒂,因此也没人能查到我谋杀乔治的动机。当然我也知道，若间接证据能证明被告有罪，动机如何也就不那么重要了。然而事实上，在看似没有动机的情况下，只有直接目击犯罪的证人才能让犯人被定罪。

只要乔治和莲娜没能把菲利克斯·雷恩和弗兰克·凯恩斯——被他们撞死的孩子的父亲——联系起来，那么世上就没有人能找到我与乔治之间的关联。再者，我的照片也从未出现在任何与马蒂之死有关的报道上，蒂格太太没给那些记者任何机会。唯一知道我双重身份的人就只有我的出版商了，而他们发过誓会保守秘密。因此，我只要谨慎出牌，以菲利克斯·雷恩的身份结识莲娜·劳森，就能通过她找到乔治，然后杀了他。如果碰巧他们读过我写的小说，听过出版商一直在搞的"谁是菲利克斯·雷恩？"那堆噱头，我就可以说，那些都是宣传上的把戏，我真的一直都是菲利克斯·雷恩。唯一的危险是我认识的人可能会无意中揭穿我的身份，但这并不难避免。首先，我要在与这位新星接触之前蓄起一把大胡子。

乔治会带着马蒂的死亡之谜进坟墓，然后他就可以用无限的时间来反思自己作为马路杀手的罪行。同时我也会把自己的"犯罪动机"跟他一起埋进墓里。唯一可能的风险来自莲娜。也许有必要把她也除掉，希望不用走到这一步吧——尽管我不认为她的消失会给世界造成什么损失。

虚幻的听众，你会因为我打算自保而谴责我吗？其实一个月前，当我第一次想到要杀死凶手时，我没打算要继续活下去。但此时，我的生存意志不知为何变得十分强烈，同时杀戮意愿则不受抑制地增长。两者一同滋生，犹如密不可分的双胞胎。我觉得自己必须在完成谋杀的同时完美脱罪，因为乔治杀害马蒂后差点就逃过了制裁。

乔治。我已经开始把他视作老熟人了。我简直像期待见到恋人一样期待找到他，心里焦躁、急迫又紧张。只不过，我没有确凿的证据证明就是他害死了马蒂，只知道他当晚在水坑旁表现得疑点重重。但我心里的直觉坚信自己是对的。我要怎样才能证明这一点呢？

不管了，船到桥头自然直。我只要记住，我有办法杀掉乔治，或者X——管他是谁，但我绝不会受到惩罚——只要我别做出什么多余的事，或是得意忘形。一次意外，必须制造一起"意外"。我才不要搞什么精妙的毒药啊，复杂的不在场证明之类的。只需在跟他一起走在悬崖边或过马路时轻轻一推，就能制造一起"事故"。没人会知道我谋杀的动机，因此也没人会怀疑这不是一场单纯的意外。

但是，这个方法也让我心里很不痛快。我曾答应过自己，要狠狠地折磨他，从他的痛苦中获得满足——他没资格死得痛快。我本想慢慢地、一点点地把他烧死，或是看着蚁群将他的肉体蚕食殆尽。又或者，还能用士的宁，这种毒药能使中毒者的身体弯成僵硬的圆环。上帝啊，我能不能让他保持车轮的模样滚下悬崖，一直滚进地狱……

蒂格太太突然进来了。

"在写书吗？"她问。

"是的。"

"唉，你真幸运，能做些别的事来分散注意力——"

"是的，蒂格太太，我真的很幸运。"我轻声答道。她也很爱马蒂，用她自己的方式怀念着他。她很久之前就不再看我桌上这些杂乱的东西了。我以前给华兹华斯写野史的时候，会写很多小纸条、笔记，然后随处丢，这让她很生气。她曾说："跟你说啊，我也喜欢看书的，好吧？但不喜欢你那些文绉绉的东西，看得我头痛，太复杂！我老爹可是位很厉害的读者——莎士比亚、但丁、玛丽·科雷利，他全看过呢。他想让我也去读，说我应该提升自己的思想。我说：'我才不要你管我的思想，老蒂格，这家里有你一个书呆子就够了，但丁可不会帮你给欧防风抹黄油啊。'"

即便如此，我还是会把我的小说原稿锁起来，这本日记也是。不过，就算不巧有局外人发现了它，也只会以为这不过是菲利克斯·雷恩的下一部惊悚小说而已。

7月3日

文翰上将今天下午过来看我了，我们就英雄双行体[①] 争论了很久。他是个值得尊敬的人。为什么所有的上将都这么智慧博学、和蔼迷人，而上校总是无聊之人，少校则糟糕到无法形容？也许这是一个值得研究的问题。

我说我要去度个长假。我说，这地方总让我想起马蒂，太难受了。上将那双湛蓝、真诚又老练的眼睛犀利地看了我一眼，说："你不会是打算做什么傻事吧，嗯？"

"傻事？"我愣愣地重复了一遍。有一瞬间我以为他肯定是看穿了我的秘密。他那句话就像是在指控我。

"嗯，"他说，"酗酒，找女人，开快艇，猎灰熊……这都是毫无意义的蠢事啊。工作是唯一的解药，我可不会骗你。"

---

① Heroic Couplet，也叫英雄双韵体，是英国古典诗体的一种，采用五步抑扬格。

心头大石瞬间落地，原来他指的是这些。我对这位老者的喜爱油然而生，甚至有点想向他坦白我的秘密，以回报他没有揭穿我的秘密——真是好笑的心理反应。于是我跟他说了匿名信和花朵被毁的事。

"当真？"他说，"可怕，太糟糕了。我是个脾气温和的人，你知道吧。我讨厌打猎。当然，服役的时候我也开过枪，主要是打老虎——那是很久之前的事了，在印度——真是漂亮的猛兽啊，甚至很优雅，射杀它们我心里也不好受，所以很快就金盆洗手了。不过，对于写这种匿名信的人，我绝不会为开枪打他而感到内疚，一点也不会。你告诉埃尔德了吗？"

我说还没有，上将的眼中闪现出一抹狡黠的兴趣。他非要我给他看那封匿名信和花朵被毁的位置，还问了很多问题。

"那家伙是一大早来的，对吗？"他边说边威严地扫视着花园。最后，他的注意力落在一棵苹果树上。他回头冲我使了个眼色，露出浮夸的神情。

"完美的位置，对吧？坐在那上面简直完美。带张小毯子，酒壶，拿把枪，等着就行了。他一露面就是我的囊中之物。放心交给我吧。"

我花了好一会儿才听明白，他是打算坐在树上，用他的猎枪接待写匿名信的人。

"那不行。该死的，不能这么做啊。可能会打死他的。"

上将很受打击。"亲爱的老友，"他说，"我最不希望的就是给你惹更多麻烦。就吓唬他一下，仅此而已。那种人就是懦夫，懦弱至极。你不用再烦心他的事了，我跟你赌一匹小马驹。这样能省去很多麻烦，不用让警方插手。"

我只好更坚定地婉拒他。临走前他说："也许你是对的，那家伙有可能是女人。我也不介意对女人开枪——反正女人遍地都是，她们更容易被误伤，尤其侧方交火的时候。好啦，打起精神来，凯恩斯。我明白了，你需要的是女人。不是那种轻佻随便的女人，而是一个好女人，心智成熟的女人。可以好好照顾你，还能让你觉得你也在照顾她。一个可以与之吵架的人——你们这些独居的家伙，老觉得能自给自足，又精神紧张。如果没有人跟你吵，你们就会开始和自己吵，这样下去能落得什么下场？要么自杀，要么进疯人院，虽然是两条简单的出路，但可不是什么好下场。愧疚能把人变成懦夫。你儿子的事，你没在怪罪自己吧，嗯？别这样想哈，老朋友。抓着不放没好处，孤独的人是魔鬼最爱的目标。好了，有空来看看我啊。今年覆盆子大丰收，昨天我可享口福了。回头见。"

这老家伙像针一样锐利。他说起话来带着军人的气势，时不时还会蹦出几个军用术语，简直岂有此理。也许这只是他的伪装，他需要以此镇住那些逊色于他的同事。也可能只是自卫的习惯。"你们就会开始和自己吵"——我还不至于发展至此。眼下我另有任务，而我的目标，比老虎和匿名写信人都重要得多。

7月5日

今早又收到了一封匿名信。太气人了。我不能总让它分散我的注意力，毕竟现在是最需要专注于计划的时候。但我又不是很想把这件事交给警方处理。如果我知道这人是谁的话，就不需要再担心这些愚蠢的傻事了。今晚我要早点睡，把闹钟定在早上四点。这样应该就能抓住幕后黑手了。这边搞定之后我就开车去肯布尔,搭早班火车前往伦敦。我约了跟出版商霍尔特共进午餐。

7月6日

今早不走运,匿名恐吓犯没有露面,但伦敦之行还算开心。我跟霍尔特说想把最新的那本侦探小说搬上大银幕,于是他给我介绍了一个叫卡拉汉的小伙子,他是英国皇家电影公司的员工——莲娜·劳森就在那里工作。霍尔特对我的胡楂开了个善意的小玩笑。毕竟我才开始蓄须没多久,现在它长得乱七八糟的,显得很蠢。我含含糊糊地告诉他,这是为了伪装。因为我准备以菲利克斯·雷恩的身份参观电影公司,可能还得在那里待很长时间,所以我不想冒险被认出是弗兰克·凯恩斯。不管怎么说,我有可能会遇到我在牛津或当公务员时代的熟人。霍尔特接受了我的说法,他以出版商独有的、看着他们最喜欢的作家的眼神看着我,略带担心,好像我是一只喜怒无常的动物,随时可能大发脾气或者试图逃离马戏团。

现在我要去睡会儿,闹钟还是设在四点,等等看明早网里有什么鱼吧。

7月8日

昨天还是没等到他。但今早,这只恼人的苍蝇终于飞进了我家门廊。好一只苍蝇!灰扑扑、脏兮兮的,还犯着冬困。我前前后后有过很多猜想,到底会是谁写的这些信。一般来说,要么是低能的文盲写的(显然我收到这些不是),要么是那些受人尊敬、"可敬"却有不为人知的怪癖的人所写。我怀疑过牧师、学校校长、邮政局的女局长——甚至想过彼得斯和文翰上将。这就是侦探小说作家的心理——怀疑最不可能的人。当然了,结果是情理之中意料之外,正确答案是最显而易见的那个。

刚过凌晨四点半的时候,花园大门的门闩轻轻地咔嗒一响。在暗淡微弱的灯光下,我看见一个人影走上小路。刚开始走得很慢,像是犹豫不决,仿佛在努力鼓起勇气,抑或是害怕被发现,然后那人突然开始迈着小碎步快速前进,动作怪异,有点像叼着老鼠的猫。

现在我看得出,来者是女人,而且感觉很像蒂格太太。

我急忙下楼。我昨晚故意没锁前门,就在信封被放进信箱里的那一刻,我猛地将门打开。不是蒂格太太,是安德森夫人。我早该猜到的,那天她在街上避开了我。她失去了丈夫,独自生活,于是将母性的本能倾注在马蒂身上,如今这种饥渴却得不到满足。她是个那么安静、无害、不起眼的小老太太,我从没认真考虑过是她。

那场面可真糟糕,恐怕我说了不少伤人的话,但谁让她害得我睡不好?她该料到我会脾气暴躁的,她的信对我造成的伤害肯定比我想象的还要深。我既寒心又愤怒,因此狠狠地回击了她。她浑身散发着一股颓败、淤塞的气息,就像在通宵赶路后走进一个全是人的车厢,让我觉得生气又厌恶。她不出声,只呆站着,眨着眼睛,仿佛刚从低质量的睡眠中醒来。接着,她开始哭了起来,就像一场绝望的绵绵细雨。你大概也知道人一般会怎么释放内心的霸凌欲望——通过不停地做出残忍行径来埋藏自己的羞耻和自我厌恶。我完全不留情面，这也没什么可称赞的。最后，她转身静静地离开了，一句话也没说。我在她背后喊，如果再发生什么事，我就会把她交给警察处理。我一定是失去理智了，做出了非常非常恶毒的行为，但她也是真不该写那些信。唉，天哪，我真希望自己死掉了。

7月9日

明天我就收拾行李离开这里。弗兰克·凯恩斯会消失，菲利克斯·雷恩将搬进我在梅达韦尔①购置的精装公寓。除了我随身携带作为纪念的独眼泰迪熊之外，没有什么能把两个身份联系起来（希望吧）。我认为已经安排好了一切：资金、还有蒂格太太的新住所，这样她就能把信件转寄给我。我告诉她，我可能会在伦敦待上一段时间，也许还会去旅行。我不在的时候，她会照看好我的家……我真的还要回去吗？也许我应该把那地方卖掉，但又有些不忍割舍。那是马蒂幸福生活过的地方。但我该怎么做呢——我是说以后，一个谋杀犯完成了使命之后，他会去干嘛？回去写侦探小说吗？听起来有点无趣。不管了，等到那天再说吧。

我感觉事情已经脱离了我的掌控。对于我这样优柔寡断、多愁善感的人来说，只能尽量做好各项安排，这些安排能强迫我做出行动。看来这就是"破釜沉舟"和"背水一战"等老话背后的真理。也许尤利乌斯·恺撒也有点神经质，就像哈姆雷

---

①伦敦西部威斯敏斯特的一处富人区。

特一样。大多数真正的伟人都是这种性格，比如托马斯·爱德华·劳伦斯[①]。

我只是拒绝去考虑莲娜到乔治这条路有可能是死胡同，我无法面对需要从头再来的可能性。同时，我还有很多事情要做。我要好好塑造菲利克斯·雷恩的角色——设计好他的父母、性格以及生活史。我必须完美地成为菲利克斯·雷恩，否则莲娜或乔治可能会发现漏洞。等到我能完美扮演菲利克斯·雷恩的时候，我的胡子应该也蓄好了，然后我将首次造访英国皇家电影公司。在此之前，这本日记就先暂停吧。我计划好了与莲娜相识的方式，不知道她会不会爱上我的胡子。赫胥黎笔下的一个角色曾吹嘘过，说大胡子能起到春药的作用，让我来看看他说的是否属实吧。

7月20日

这一天过得！第一次去电影公司参观，我宁愿到地狱，甚至精神病院工作，也好过在这里。这里炎热、喧闹、骚动，宏伟的摄影棚笼罩着一切，像一场二维的噩梦，其中的人类并不比布景更实在或真切。老是会被各种各样的东西绊到脚：要么是电缆，要么是某个临时演员的腿。他们没有工作时就成群坐在角落里，像但丁笔下地狱中的可悲生物一样玩手指。

不过我还是从头讲起吧。霍尔特介绍的卡拉汉接待了我，他的脸特别苍白、瘦削，甚至很憔悴。他戴着一副角质框架眼

[①]英国军事家、活动家。对阿拉伯民族主义解放事业作出了贡献。

镜，眼里闪烁着出奇狂热的光芒。卡拉汉身穿灰色翻领套头毛衣，背着一个法兰绒包，但全都脏兮兮、皱巴巴的，很不整洁，一副典型的制片人模样。他从头到脚都写着"高效"二字。他喜欢自己卷烟，手指被染成了浅黄色。正抽着一根的时候就已经开始卷下一根了，手上的动作一刻不停，这是我见过的最忙碌的一双手。

"唉，老哥。"他说，"你有什么特别想看的，还是说整个垃圾场全逛一圈？"

我选择了后者。看来是我太天真了，没想到参观要花无穷无尽的时间。卡拉汉没完没了地跟我唠叨着技术上的问题，直到我的脑子像邮局里的吸墨纸，浸满了墨，再也容不下更多信息。希望我的大胡子能掩盖我的表情，因为我完全没听懂。要是我死了，人们可能会在我的心脏上发现类似"摄影角度"和"蒙太奇"的词汇（虽然我并不知道这些都是什么意思）。卡拉汉讲起话来实在是滔滔不绝。半小时内，我不停地被电缆绊倒、被弧光灯晃瞎眼、被熙熙攘攘的工作人员推搡，终于，我本就不高的接受能力消耗殆尽了。顺带一提，这里的人讲话极其粗俗，跟他们一比，外面的糙汉或者军人简直文雅得像是纯真联盟派来的代表。我一直在留意能不能找到莲娜·劳森，但随着时间流逝，我越来越难装作不经意地提起她的名字。

然而，卡拉汉无意间给了我一个机会——因为他总算要暂停一下来吃午饭了。我聊了聊侦探小说，还聊了聊为什么好的侦探小说很难改编成电影。他读过我写的两本书，但对其作者完全不感兴趣。幸好，我本来还以为要应付一些尴尬的问题，但卡拉汉只对技术上的事情感兴趣。当然，霍尔特告诉过他，我正在为一部新作品设计背景和各种细节。过了一会儿，卡拉汉问我是如何找上英国皇家电影公司的。我抓住机会，说我最近看过的一部电影是他们的《女仆的膝盖》。

"哦，那片啊。"他说，"我还以为你会和制造这种垃圾的公司保持距离呢。"

"你的集体荣誉感[①]呢？"我说。

"呸！就那些内衣和低俗段子？为什么那种东西还能上映？"

"那个姑娘——叫什么来着？劳森吧。我觉得她还不错，有很大进步空间。"

"哦，她啊。温伯格正在培养她。"卡拉汉闷闷地说，"从腿开始往上培养呢，你懂的。逐步往上再往上。她当个衣架子穿那些内衣还算好看，但她觉得自己是哈露[②]二世呢。她们都这么想。"

"你是说，她喜怒无常？"

"不，只是蠢。"

"我以为所有电影明星都会没完没了地发脾气呢。"我巧妙地引导着话题走向，甚至有点自鸣得意。

"可不是吗！劳森过去可作威作福了，但最近安分守己了许多。变得很克制，很听话。"

"怎么说？"

"不知道，也许找到爱情了？有一段时间她经常情绪崩溃——什么时候来着？好像是一月吧。当时害得电影的拍摄工作推迟了将近半个月呢。相信我，老哥，要是电影女主角不肯拍摄，坐在角落自顾自地哭，那可是大麻烦。"

"情况那么糟糕啊？"我努力使声音保持平稳。一月。情绪

[①]原文为法语。
[②]美国电影演员珍·哈露，当时的知名性感女星。

崩溃。新的间接证据！卡拉汉盯着我，眼里闪着热切的光，就像一个即将获得天启的先知。不过，我觉得这可能只是因为他是一个时刻紧绷、百分百高效的工作狂。

他说："确实如此，弄得我们很紧张。最后温伯格让她休了一周假，当然她现在已经好了。"

"她今天在这里吗？"

"不，在出外景呢。老哥，想和她搭关系？"卡拉汉揶揄地看着我。我告诉他我的动机十分纯洁：我在写一本新书，想为此研究一位典型的女演员。我想写那种可以被改编成电影的、希区柯克式的故事，而莲娜·劳森可能会是女主角的合适人选。不知道这番话能否让卡拉汉相信，他有些怀疑地看着我。但不管他认为我的动机是出于职业需求还是性欲，都不重要。我明天还会来制片厂一趟，到时候会让他把我介绍给那女孩。我感到莫名的紧张——毕竟我从没和她这样的人打过交道。

7月21日

终于结束了。真是煎熬！刚开始我根本不知道该对那女孩说什么好。其实我也插不上话，她一见我，就只是敷衍地伸手跟我握了握，不带感情地瞟了一眼我的胡子，似乎并不打算作出评价，然后立刻开始谈起一个名叫普拉塔诺夫的人，整个过程冗长曲折。"普拉塔诺夫那个恶魔！"她说，"知道吗，亲爱的二位！普拉塔诺夫昨晚给我打了四次电话，把我吵醒了！唉，我一个女孩子家能怎么做？我倒是不介意别人关注我，但他这可是跟踪和骚扰！我跟温伯格说了，这样下去我会被逼疯的。

那人简直就是魔鬼，他今早居然真的敢跟到火车站来！幸好我告诉他火车九点十分开，不过实际上是九点五分。然后我就看到他在月台上死命追赶，跟恶魔一样，而且速度快得可怕！你们知道他长什么样吗？简直就是栩栩如生的噩梦！我对他已经没什么好说的了，不是吗？"

"是的，当然。"卡拉汉安慰她说。

"我一直叫温伯格赶紧打电话给大使馆驱逐他出境。这个国家太小了，容不下我和他两个人，要么他走要么我走。但是这些犹太人全都勾结在一起，我们可能要采取一些强硬的手段，尽管我更倾向于用橡胶警棍和绝育手术。唉，总之，就像我说的……"

她又继续讲了好长一段时间。不知怎的，她讲话的方式确实很引人入胜。她会假定听众知道事情的前因后果，但我完全不明白——也许永远也不会明白——这个"恶魔普拉塔诺夫"到底是个逼良为娼的混蛋，一个厉害的侦察兵，一个可怕的苏联特工，或者只是个痴情的仰慕者。她通过叙述塑造了一个奇幻的世界，让你分不清电影在哪里结束，现实又从何时开始。不过，莲娜的这番独白也给了我研究她的机会。她确实有点粗俗，但并不讨厌，还很活泼。如果她现在真像卡拉汉所说的那样"变得很克制，很听话"，那她以前绝对是个狠角色。我很惊讶，她的外表与电影中的波莉竟如此相近。不过倒也是，不然农场的那个小伙子也不会轻易认出她来了。挺拔的鼻子，碧蓝的眼睛，大大的嘴巴，浓密的浅金色头发在额前卷起，像波浪，又像皇冠。除了嘴巴之外，她的五官都很精致，跟她那妖娆的表情形成了奇怪的反差。但写这些也没什么用。书中对人物容貌的描写往往失真，至少我读过的书里都是如此。当面看着她，你会觉得她脑子里空空如也。也许真是这样,但我不接受这种可能性。

她说话的时候我一直在观察她。她是最后两个见到马蒂活着的人之一。我对她没有感到任何怨恨和敌意,只有一股灼烧般强烈的好奇和想知道更多、想知道一切的迫切感。她又说了一会儿,然后转向我,对我说:"韦恩先生,现在您一定要跟我好好介绍一下您自己。"

"是雷恩。"卡拉汉纠正她说。

"您是作家对吗?我喜欢作家。您认识休·沃尔波尔①吗?我觉得他是个可爱的作家。但你比他更像我心目中作家的样子。"

"呃,我是,但我不认识他……"我被这突然的一下问得猝不及防,很难把眼睛从她的嘴上移开。每当别人开始说话时她就会热切地张开嘴,仿佛打算猜出对方想说什么,这不能说是好习惯。我真不懂卡拉汉说她"蠢"是为什么。她有点轻浮,确实,但一点也不蠢。

我支支吾吾想要说点正事,却突然有人大声喊她。她不得不回片场拍摄了。绝望。眼看着一切即将从我手中溜走。没办法了,我终于鼓起勇气,问她是否能和我一起吃个午饭。我猜测着她的品位,加了一句想不想去常春藤餐厅。奏效了,正如那句谜语所说:"小羊羔吃常春藤。"她这才开始正眼看我,仿佛我终于有了实体,不再是她想象中的一个角色。她说她很乐意,问我周六怎么样。于是约会就这样定下了。卡拉汉用暧昧的眼神看了我一眼,然后我们各自离开。坚冰(虽然在莲娜身上可能用不到这么重的词)已被打破。但是,上帝啊,接下来

---

①休·沃尔波尔爵士(1884—1941,Sir Hugh Walpole),英国小说家,代表作《大教堂》。

我又该怎么做呢？直接把话题引向汽车和过失杀人？简直就是不打自招。

7月24日

唉，您想怎么指责我都行，但完成这起谋杀的支出肯定会特别高。为了讨好莲娜，我不光要克服巨大的精神压力和羞耻感，还要支付一笔可观的账单。这女孩胃口惊人，吃得津津有味。一月发生的事故并没有长久地影响她的食欲。当然，考虑到不用购入枪支或毒药，我又省下了一笔预算。我可不会用那么直白危险的方式杀死乔治。不过，可以预见，通往乔治之死的路上肯定会铺满五英镑的钞票。

明察秋毫的读者啊，您应该能体会我写到这里时的雀跃心情。没错，确实是这样。我感觉顺利起来了，我相信自己正朝着正确的方向前进。

莲娜到达餐厅时，身穿一件精致的黑色礼服，点缀白色图案，头顶的帽子带有面纱，这让她在收获午饭的同时还能收获大量赞美。我觉得应对得还算自如。不，说实话，奉承她完全没有难度，因为她确实相貌迷人。这让我可以在干正事的同时心情愉快，只要我不变得心慈手软。她指了指在店里吃饭的另外两位著名女演员，问我觉不觉得她们像天仙一样美丽。我回答说，嗯，还不错吧，但故意表现出一副她们完全比不上莲娜·劳森的表情。然后我也向她指出了在场的一位畅销小说作家，她说我的书绝对比他写得好得多。这算扯平了，一切都很顺利。

没过一会儿，我意识到自己正在不停和她分享我的过去。当然了，是"菲利克斯"的过去。我以前的挣扎，我旅行的经历，我留在世间的作品以及我从写作中获得的丰厚收入（这一点非常重要）。告诉她我的银行存款数额没有坏处。虽说我的胡子计划大概是失败了，但也许还能用金钱来弥补一下。当然了，我编的故事尽可能地贴近我的真实经历。没必要弄得太花哨。我说个不停——孤独之人终于找到了听众，这感觉很妙——并不急着推进话题，但还是突然找到了一个机会。劳森问我是不是在伦敦住了很久，我说："是啊，时不时住在这边，我觉得在这里工作比较轻松。但我还是更习惯在乡村，可能因为我是乡下人吧。我是在格罗斯特郡出生的。"

"格罗斯特郡？"她说，声音低得近乎耳语，"这样啊。"

我暗中观察着她的手。手往往能比面部透露更多信息，尤其对演员来说。我看到她右手的指甲（涂着红色指甲油）掐进了手心的肉里。不仅如此，她还陷入了沉默。毫无疑问，"事故"后不久有人目击到她在村里，乔治住在格罗斯特郡也基本能确定了。你看出疑点了吗？如果她没有什么事要隐瞒，那接下来的对话自然应该是："哦，是吗，格罗斯特郡的哪里呀？我有一个朋友也住在那儿。"当然，她可能只是想掩饰和乔治的关系，但我对此存疑。现如今，像她这样的女人应该不会为这种事感到内疚和烦心。除了马蒂被害死时她坐在肇事车辆里这点外，还有什么能让她一听到"格罗斯特郡"就突然闭口不言呢？

"是啊，"我接着说，"在赛伦塞斯特附近的一个小村庄。我一直想回去，但因为各种原因，一直回不成。"

我还不敢直接提村名，害怕会把她吓跑。她鼻翼紧张地扇动着,眼里满是不安,也不敢开口说话——这些我全看在眼里。然后我岔开了话题。

她迅速地跟上话题,聊得兴高采烈。解脱放松的心情能轻易让人变成话痨。奇怪的是,她放下心防的样子让我不禁对她感到了一丝亲切和感激,于是我开始竭尽全力地讨好她。即便在最天马行空的梦里,我也从未想过自己能跟电影女星谈天说地,咯咯地笑着,交换暧昧的眼神。我们喝了不少,聊着聊着,她问起了我的教名。

"菲利克斯。"

"菲利克斯啊?"她朝我吐吐舌头——我相信用"调皮可爱"来形容最贴切不过了。她又说:"要不我叫你'小猫'①,嗯?"

"最好不要,你这样叫我就不会理你了。"

"所以,你愿意再见到我?"

"请相信,我的目光在很长一段时间里都不会离开你的身侧。"不得不说,像这样意有所指的暗讽我好像越写越多了,真不应该养成这样的坏习惯。当然,我脑海里还有大把类似的讽喻,就不写下来让自己难堪了。我们约好了下周四还要一起吃晚饭。

7月27日

莲娜并不像看起来的那么傻,或者说,不像世人口中典型的"花瓶"。今晚她真把我吓了一跳。看完电影后,她邀请我再

---

① 有一个经典卡通猫形象名叫菲利克斯(Felix)。

喝两杯，于是我和她回了她住的公寓。她站在壁炉边，表情有点忧郁，突然转过身来直截了当地说："你到底有什么目的？"

"目的？"

"对啊。带我到处花天酒地，大手大脚花钱，到底为了什么啊？"

我结结巴巴地跟她说了一些我计划中那本书的事——找找灵感——要写一本适合改编成电影的书。

"那什么时候开始呢？"

"开始？"

"是啊。这本书你到现在都没跟我提过。我到底是什么角色？我是要当拭笔布，还是别的什么？总之，看见书稿之前我是不会信的。"

我语塞了好一会儿。她是不是猜到了我的目的？我仿佛在她眼里看到了某种洞察、怀疑和恐惧。在慌乱的驱使之下我脱口而出："好吧，不只是为了书。和书没有关系。我在电影里一看见你，就想得到你。你是世间最可爱的人儿，我从没见过——"

她给我造成的惊吓一定让我慌得像个思绪混乱又胆怯的追求者。她抬起脸，露出了不一样的表情。

"原来如此，"她说，"我明白了……嗯？"

她的肩膀放松地垂下，靠近了我。我吻了她。我是否应该感觉自己像个叛徒？反正当时是没有。何必呢？这只是各取所需，双方都能从中得到点好处。我想要逮到乔治，而莲娜想要我的钱。当然，我后来意识到了，她刚才那气势汹汹的一幕，只是为了逼迫她面前这位胆小的仰慕者表明心意。她肯定一直以为"写书"只是我的借口，想让我赶紧讲重点。她错就错在这种先入为主的观念。真的,事情完全转向了好的方向。和她做爱就像是对我复仇计划的激励。

过了一会儿,她说:"我的小猫啊,我想让你把胡子剃掉。我不习惯。"

"你会习惯的。不能剃掉,这可是我的伪装。我是个杀人犯,知道吗,正在躲警察呢。"

莲娜大笑起来,真的可爱。

"你就是个谎话精!你连只苍蝇都伤不了,亲爱的小猫!"

"你再这样叫我,我就让你看看我能不能伤到苍蝇。"

"小猫!"

不久后,她说:"我喜欢上你可真奇怪。你不是魏斯穆勒①吧,亲爱的?一定是因为你有时看我的神态很怪,好像我不存在,或者是透明人。"

好一个透明人伪君子!但这样也好。我和她加在一起,简直是全世界最虚伪的组合了。

7月29日

昨晚她来我家吃晚饭了,出现了很不愉快的情况,幸好最后顺利解决了。而且要是我们没有吵架的话,她也许还不会跟我提及乔治的事呢。这也是对我的一次警告,我千万不能再大意了。这游戏可容不得闪失。

当时我背对着她,在碗橱里翻找饮料。她则一边在四处逛

---

① 美国游泳运动员,退役后成为演员,曾出演过人猿泰山。

逛看看，一边习惯性地像连珠炮一样长篇大论。

"……温伯格就开始臭骂我说：'你以为你算老几？你到底是演员，还是吃饱了撑的鳗鱼？我付你工钱，不是让你穿得像根爱丁堡硬糖一样乱晃的，懂吗？你怎么想的？居然敢谈恋爱？'我说又不是跟你这个老头，有什么必要发这么大火吗？唉，我的小猫啊，你的房子真不错，你挺会犒劳自己的，对吧？哦，看这个！一只泰迪熊——！"

我一下子跳了起来，但已经晚了。她从卧室里出来，手上拿着马蒂的泰迪熊——我放在壁炉架上的，忘记收起来了。出于某种原因，我完全失去了理智。

"拿过来。"我说着，伸手就去抢。

"调皮！别抢呀！原来小菲利克斯还会收集玩偶呀，真是看不出来。"她对泰迪熊做了个鬼脸，"这就是我的对手咯！"

"别跟个该死的弱智一样！快放回去！"

"哦，哦，哦。被人发现自己还玩玩具，觉得羞愧吗？"

"不是。事实上，这是我一个侄子的。他去世了，我很爱他。能还给我——"

"哦，是这样啊。"她的神情变了。我看到她的胸脯在起伏。她现在的样子看起来既恐怖，又异常的迷人。我以为她想要挠我的脸。"所以，我没资格碰你侄子的泰迪熊吗？你觉得我会弄脏它，是吗？你以我为耻是吗？行吧，拿着你这该死的东西！"

她生气地把泰迪熊摔在我脚边。我心里腾起一团怒火，扇了她一巴掌，特别用力。她也生气了，扑过来反击，于是我们扭打在了一起。她毫不留情，愤怒到极点，犹如陷阱中的困兽。她的裙子被从肩膀的位置扯下来了。我实在是太生气了，对这非同寻常的场面一点也不反感。过了一会儿，她身子软在我怀里，呻吟着："哼，你真要弄死我啊。"我们吻了起来。她羞红了脸，但我打出来的掌印还是清晰可见。

又过了一会儿她说："但你真的以我为耻，不是吗？你只把我当作随处可见的小泼妇。"

"你在我这破房子里不是都自在得跟女主人一样了吗？"

"不是，说正经的。你不肯把我介绍给家人吧？家长都不会认可我的，我知道。"

"我没有家人了。况且，你不是也没把我介绍给你家里人吗？那又怎样？我们现在这样不是挺好的吗？"

"你这老家伙真是够谨慎的啊！你肯定是觉得我想把你骗去结婚吧。"她突然两眼放光，"结婚其实也行啊！我真想到那时候看看乔治是什么表——"

"乔治？乔治是谁？"

"没事没事。你别急呀，你这吃醋鬼。乔治只是——唉，他是我妹夫。"

"所以呢？"（看，我正在学习她爱用的语言。）

"没什么。"

"接着说，乔治到底是什么情况？"

"你还真吃醋了。一只醋意熏天，眼冒青光的小猫。行吧，你非要听的话，乔治曾经试过和我在一起。我——"

"曾经？"

"是呀。我告诉他我不想破坏别人的家庭，但不得不说，维奥莱特都是自找的。"

"你最近没见他吗？他会挂念你吗？"

"没有。"她用奇怪、木讷、生硬的声音说，"我好些时候没见过他了。"我能感觉到她的身体变僵硬了，然后又放松下来。

她放肆地笑了起来，有些狂野，"管他呢！这能让乔治知道他甚至——这样吧，不如我们这个周末就去一趟。"

"去哪里？"

"塞文布里奇，他们住的地方。在格罗斯特郡。"

"但是，我亲爱的姑娘，我不能——"

"当然可以了！他又不会吃了你。他是位值得尊敬的已婚男士，或者说本应如此。"

"可为什么呀？"

她认真地盯着我："菲利克斯，你爱我吗？行了，别这么警觉，我又不会吊死你。我问你，你够不够爱我，愿不愿意为我做一些事情又不多过问？"

"愿意啊，当然愿意。"

"那就行，我有要回去的理由，也想有人陪我一起。我就想让你和我一起去。"

她的语气有些刺耳，又好像有点没底气。我很好奇，她什么时候才会向我和盘托出？关于乔治的事，以及那场必然一直在她心头阴魂不散的事故。但我还没自信能让她完全信任我，而且那样也有些过于卑鄙了。其实好像也没必要心急。我隐约感觉到，她的话语背后有一份决心，想开诚布公，不是跟乔治的婚外情，而是她这数月来一直在躲避的噩梦。在这本日记的开头，我说过凶手总有一股冲动想返回犯罪现场，记得吗？她没有杀害马蒂，但她知道是谁干的。她当时在场。她渴望驱除那纠缠不休、如死神般的梦魇。她希望我帮助她——我！天哪，这对审判者而言是何等极端的讽刺！

我说："行，星期六我开车送你去。"我维持着似乎不太在意的轻松语气，"乔治是做什么的？"

"他与人合伙开了家汽修厂，叫拉特利与卡尔法克斯，拉特利是他的名字。他这人吧……唉，你真好，愿意来。我不知道你会不会喜欢他，他不像你会喜欢的类型。"

一家汽修厂。她不知道我会不会喜欢他。乔治·拉特利。

7月31日

塞文布里奇。今天下午，我开车陪莲娜来到了这里。我卖掉旧车换了一辆新车，可不能开一辆格罗斯特郡牌照的车来。现在，我终于来到了这里，身处敌人的大本营，一场智斗即将开幕。我应该不会被认出来——塞文布里奇和我的村子分别处在郡的两端，相隔甚远，而且胡子让我的外观改变极大。最大的困难是要在拉特利家取得立足之地，还要保住这地位。眼下，莲娜先行去了他们家，而我则待在"渔人之拥"旅店。她觉得把我介绍给拉特利一家的事不能太急，要一步一步来。现在呢，我只是个好心载她过来的"朋友"而已。我在他家屋外放下了莲娜和她的行李。莲娜说，她没有提前写信告诉他们她要来。也许是怕乔治会拒绝？很有可能。鉴于他们之间的秘密，见面可能会让他紧张——担心再见面时她因为想起那件事而变得歇斯底里。

我放好行李后，问了擦靴工这里最高效的汽修厂是哪一家。

"拉特利与卡尔法克斯呀。"他说。

"河边那家，是吧？"我问。

"是的，先生。背靠着河，就在桥这边，沿着主街走过去就是。"

又找到能指控乔治的两个新证据！我之前就推断出，他的汽修厂必须是高效运转的，否则就不会储备需要替换的零件。并且它背靠河流——那就是损坏零件被丢弃的地方。我就知道他会把东西藏在这类地方……

就在这时，莲娜给我打来电话。他们想邀请我去吃晚饭。我顿时感到极度紧张。如果只是第一次见面我就这么紧张，那到要杀他时我又会怎样？也许我能变得更加冷静，对猎物的熟悉会催生出轻蔑，我要带着愤恨，用剥皮拆骨的态度来把乔治·拉特利研究透彻。我要像寄生虫一样以他为食，慢慢地让仇恨和蔑视充满心灵，直到他死去。希望晚餐时莲娜别对我太亲热了。好，该行动了！

8月1日

真是个令人作呕的生物。他是个极度面目可憎的人。这太好了，我很高兴。现在我才发现，原来我之前一直很担心乔治可能会惹人喜爱。但没问题了，他明显不是那样的人。我完全无须因终结他的生命而感到愧疚。

在我进屋的瞬间，甚至在他开口说话之前我就明白了这一点。他站在壁炉旁，抽着烟，食指和中指夹着烟卷，抬着手肘，前臂平行于地面，带着一种令人不快的高傲自负，就像要所有人都能看出他是一家之主。他站在那里，像粪堆上的一只公鸡，傲慢地打量了我一会儿，才向我走来。

他把我介绍给他的妻子和母亲，给了我一杯很难喝的鸡尾酒后，马上就继续聊起原本的话题。他像头蠢牛一样，天生不懂圆滑，很典型的性格。然而，这给了我研究他的机会。我就像个侩子手，默默计算着他要从什么高度掉落才会摔死。不需要很大的落差，因为他肯定很重。他块头很大，头骨饱满，头顶倾斜，前额低矮。他留着旧时骑兵式的胡子，但这并不能掩盖他傲慢、肥厚的嘴唇。我猜他应该四十五岁左右。

在我眼里，他长得像那种夸张的漫画形象一般。但我敢说有些女人——比如他妻子——会觉得他样貌不错。诚然，我是带有偏见的，但他的粗蛮高傲会让任何有理智的人倒胃口。

发表完高论后，他做作地看了看表。

"又迟到了。"他说。

没人接话。

"小维，你说过那帮仆人了吗？他们现在准备晚餐每天都更晚一点，怎么回事啊。"

"我和他们说过了，亲爱的。"维奥莱特·拉特利就是"已然失去神采、绝望地想讨好乔治"版本的莲娜。

"呵，"乔治说，"他们是不是不怎么在意你啊，看来我得亲自和他们谈谈了。"

"还是别了吧，亲爱的。"他妻子慌张地说，红着脸，紧张地笑着，"可不能吓到他们辞职啊。"她无意中跟我对上视线，又一次痛苦地羞红了脸。

莲娜曾说维奥莱特的困境是"她自找的"——确实如此。乔治就是那种喜欢被人奉承的性格，周围的人越是配合，他就会变得愈发恶劣。他存在于这个时代就是个错误。他那嗜虐、残暴的性格在猿人时代（或者伊丽莎白时代，在那时他也许能当上一个好船长或奴隶主）是很自然的，但在如今的文明社会中，他只能在战争中释放暴虐的天性。于是在和平时期，他就只能局限于欺凌自己的家人，并因得不到释放而变得越发残忍。

仇恨能使人的眼力变得敏锐，我觉得我对乔治的了解已经超过了我对很多老熟人的了解。我礼貌地看着他，心想，他杀害了马蒂。他开车将马蒂撞倒，不给马蒂任何活命的机会，他终结了一条比他自己珍贵百倍的生命，我生命中仅剩的挚爱。没关系，马蒂。他也时日无多了，很快了。

晚饭时，我坐在维奥莱特·拉特利旁边，莲娜坐在我对面，拉特利老夫人在我左边。我注意到，乔治的视线一直在我和莲娜之间扫来扫去——他想搞清楚情况。我认为他不是在吃醋，他过于自负了。在他眼里，没有女人会喜欢上他以外的人。但他肯定很疑惑，莲娜为什么会和菲利克斯·雷恩这样的怪人待在一起。他对待莲娜很随便，略带主人的架势，仿佛自己是一位兄长。"乔治曾经试过和我在一起。"这是莲娜那晚对我说的。我在想，这是否只是真相的一半？他对她冷淡的态度似乎暗示着他们之间的亲密关系。

交谈中他说道："莲娜，所以你变换风格，也开始喜欢卷发了？"他探过身去揉她的卷发，用挑衅的眼神看着我说："都是时尚的奴隶啊，这些姑娘们，对吧，雷恩？要是有个巴黎来的娘娘腔告诉她们现在流行秃头，她们就会立即剃光头发，你说是吧？"

拉特利老夫人在我身旁，身上隐约散发着樟脑丸的气味，她说："在我年轻的时代，女人拥有一头漂亮的头发就是她的至高荣耀。我很高兴伊顿头那类毫无意义的东西都过时了。"

"妈，你这是在支持年青一代吗？世界怎么了？"乔治说。

"我觉得年青一代足以自立了——至少有一部分能。"拉特利老夫人直直地看着前方，但我觉得，她的后半句是说给维奥莱特听的。她认为乔治娶了一个社会阶层低于他的妻子——一定程度上也确实如此。她用一种耐心的、像贵妇般的宽容对待维奥莱特和莲娜。这个老夫人也不是什么好东西。

晚饭后，那帮女人（乔治无疑会这样称呼她们）先行离开了，留下我们两个男人喝酒。他显然很不自在，完全不知道该怎么应付我。

他试着用他的惯用伎俩："你听说那个约克郡女人和风琴手的事了吗？"他一边问，一边自信地把椅子拉近我。他就是这样的人。我耐心地听着，装得真的跟他很投机一样开怀大笑。就这样，他用狡猾且强硬的方式打破了我们之间的坚冰。接着他开始诱导我详细介绍我自己。这倒不难，毕竟我早把菲利克斯·雷恩的"传奇故事"烂熟于心了。

"莲娜说你是写书的？"他说。

"对，写些侦探小说。"

他看起来松了一口气。"哦，惊悚小说。这就好了。不怕告诉你，莲娜说她要带个作家过来时，我还有些紧张。我原以为你会是布鲁姆斯伯里[①]那种爱卖弄的人。我跟那种人处不来。你写作是有收益的吗？"

"有的，我混得不错。当然，我自己也有一些存款。我每本书能赚三百到五百英镑吧。"

"那也太厉害了！"他看我的眼神几乎要带点尊敬了，"你的书很畅销吗？"

"还不算，我最多算个中上水平的写手吧。"

他的目光有些回避我。喝了一大口酒后，他用明显是演出

[①]英国二十世纪初一个知识分子团体，号称"无限灵感，无限激情，无限才华"，成员包括弗吉尼亚·伍尔夫等。

来的漫不经心的语气说:"你认识莲娜很久了?"

"没有,就一周左右。我正打算为电影写点东西。"

"她是个好姑娘,很有性格。"

"是的,她很吸引人。"我不假思索地接道。乔治的脸上写满了惊愕和怀疑,仿佛突然发现自己怀里有一条毒蛇。看来,传别人的八卦是一回事,而他自己的"女人"要红杏出墙,则是另一回事。他非常生硬地建议我们跟女士们一样准备就寝。

暂时没时间写了。我准备和这位准受害者及他的家人们一起开车去兜风。

8月2日

昨天下午,当我们——莲娜、乔治、乔治十二岁的儿子菲尔,还有我——走出前门时,我百分百肯定,莲娜有一瞬间因为惊恐愣住了。我一次又一次地回忆那一幕,尽力让所有细节都形成清晰的图像。事情发生得太快,我一时间没能领会个中含义。光看表象,会觉得什么问题都没有。我们走上台阶,晒着太阳。莲娜呆滞了一瞬间,说:"还是那辆车?"

跟在她后面的乔治问:"什么意思?"我是不是在他的话里听到了一丝恐惧、威胁的意味?还是我想多了?

莲娜不解地问:"你还留着那辆老破车?"

"老破车?那是我的爱车!它还远没到退役的时候呢。你当我是什么人,百万富翁吗?"

他的反应并不能说明什么,有可能只是日常的抱怨,真是麻烦。我们上了车,乔治和莲娜坐在前面,菲尔和我在后座。

只见菲尔很用力地关上了车门,乔治转过身愤怒地吼道:"我要说多少次你才能听?关车门不要这么用力!轻一点关不行吗?"

"对不起,爸爸。"菲尔显得既伤心又忿恨。

当然,也许在更早的时候,乔治的心情就已经不太好了,但我怀疑他是被莲娜说出的话(或是没说出口的部分)影响到了,于是拿菲尔来出气。

乔治无疑是个大胆的司机。倒不能说他昨天下午的车开得鲁莽,但在星期天的车水马龙中他一路横冲直撞,仿佛有什么特殊通行权,就像开着消防车一样无视其他车辆。有一群骑自行车的人排成三列在路上骑行,乔治并没有咒骂他们,而是紧贴着超了过去,然后在他们前方突然变道——显然是想吓到他们或者让他们撞在一起。

开着开着,他回头问我:"你对这边熟吗,雷恩?"

"不熟悉。"我说,"不过,我一直很想回到这里。我是在索尔斯十字村那边出生的,就在郡的另一头。"

"那里吗?不错的小地方,我路过过一两次。"

他居然还敢说。我观察着他的侧脸,我提到马蒂遇害的地点时,他下颌的肌肉没有丝毫的紧张。我能让他自己泄密吗?莲娜呆呆地盯着前方,双手放在膝盖上,动也不敢动。我冒了很大的风险说出"索尔斯十字村"的名字。假设他起了疑心,或者只是因为好奇而追问的话,他会发现索尔斯十字村近五十年来根本就没有过姓雷恩的家族。我们下车时,莲娜似乎在刻意避免对上我的视线。自我提到索尔斯十字村以来,她已经沉默了快十五分钟——这对于她来说是极不正常的,但当然不能作为确凿的证据。

下车后,我怂恿乔治给我介绍一下他的爱车。这当然只是个借口，我想借机好好观察它一下。这辆车的车头灯确实有金属防护网，但没有迹象表明挡泥板或保险杠曾被拆去换新——至少在我这种外行眼里看来是这样。但毕竟已经过去七个月了，再有什么迹象也早就湮灭了。这条线索废了（我自己的侦探小说总会避免这么写），仅剩的线索就是乔治和莲娜的记忆。或许只有莲娜，乔治现在说不定已经完全忘记了那件事。我认为一次偶发的杀人事件不会让他这种人记那么久。

问题是，我该怎样才能套到他的话？而且现在更重要的是，我该用什么样的借口才能继续留在这里？莲娜明天就要回镇上了，也许我今天下午能找个机会。我们约好了要在拉特利家打网球。

8月3日

行了，总算是定下来了。我可以在这里住一个月——多少算是乔治邀请的——这应该够久了。最好从头说起吧。

我来到球场时，他邀请的人还没到，所以乔治提议我们俩先和莲娜、菲尔热热身。我们在球场等了一会儿，然后乔治开始大呼小叫地让菲尔从屋里出来，结果倒是喊出了维奥莱特。她想把乔治拉到一旁说悄悄话，我隐约听到她很小声地说"不想打"什么的。

"这孩子怎么了？"乔治嚷道，"不懂他最近是怎么回事。不想打？你给我去告诉他，必须打，该死的。想躲在楼上生闷气是吧！我从没——"

"乔治，他有点不开心。这不是，你今天早上凶他了嘛。"

"亲爱的,别说这些屁话,臭小子这学期一直在偷懒。卡拉瑟斯说他明明很有本事,但要是不振作一点,明年他就没机会参加橄榄球赛了。你不想让他拿到奖学金吗?"

"当然想,亲爱的。只不过——"

"那就行了,总得有人逼他一下。我可不允许他在学校里整天只知道无所事事、浪费我的钱。他真是被宠坏了,如果你——"

"你衬衫后面趴着一只黄蜂呢。"莲娜打断了他,装作担心的样子。

"你别管这事,莲娜。"他威胁一般说道。我不想再忍受这不堪的场面了。如果乔治现在去把菲尔拽出来,肯定会把气撒在孩子身上,于是我主动提议去喊菲尔。乔治明显没想到我会这么说,但他也不好阻止我。

我找到了躲在自己卧室里的菲尔。起初他真的很不情愿,不过我们好好谈了一会儿。他不是个坏孩子,没一会儿就对我吐露了心声。上学期他没有懈怠,是因为学校里有同学老是欺负他,让他心烦意乱(我很理解这种心情),所以才没能专心学习。菲尔说到这儿已经哭了起来。出于某种荒谬的原因,这让我想起了自己那次对马蒂大发雷霆——因为玫瑰那件事。当时在冲动之下,我威胁说等他放假了就要天天给他补课,每天上几个小时,以此弥补他造成的损失。

菲尔正结结巴巴地感谢我陪他,我突然意识到,菲尔就是让我留在塞文布里奇的极佳借口。《圣经》里说"行善事用以作恶[1]",这句话完美地诠释了我此刻的行为。如果除掉乔

---

[1] 出自《圣经·新约》罗马书第三章第八节。

治这种人也能被称作恶行的话。我一直等到乔治打赢了一场球，脸色因运动而泛红，心情也好转之后，才向他提出这个想法——我说我喜欢这个小镇，想多待上几周，在乡间这宁静的气氛中动笔写我的新书，并提议给菲尔上些指导课。乔治一开始有些为难，但很快就同意了，甚至还邀请我到他家里去住。我婉拒了，这应该让他松了一口气。无论如何我都不愿在他们家住一个月。我不是忌讳住在自己将要杀死的人家里，我只是不想忍受他们家那种总处在爆发争吵边缘的氛围。另外，也不想冒着被乔治监视和发现这本日记的风险。我会每天来跟菲尔一起读书，这足以让我在这里立足了。

敲定这件事后，我看了一会儿他们的球赛。和乔治一起开汽修厂的合作伙伴——哈里森·卡尔法克斯和维奥莱特一队，对阵乔治和卡尔法克斯太太的组合。卡尔法克斯太太身材高大，一头黑发，外貌有点像吉卜赛人，十分魅惑诱人。我感觉，她可能是乔治心情好转的原因之一。有一次他把网球递给她发球时，我清楚地看到他的手指故意在她手上停留了许久，她也回了他一两个浪荡的眼神。不过，不管是谁看到都不会觉得奇怪，毕竟她丈夫是我见过的最沉闷乏味、老态龙钟，甚至毫无特点的男人了。

莲娜到我身边坐了下来——我们离其他人稍远些。她穿网球裙的样子看上去更加迷人了。这身衣服很衬她灵动的举止，她还表现出一种演出来的，却依然很吸引人的女学生气质来搭配衣服。

"你看起来真可爱。"我说。

"你去跟卡尔法克斯那女人也说说这句话呗。"她故意揶揄我，但我看得出她其实很高兴。

"这句话就留给乔治去说吧。"

"乔治？别胡说了。"她有些急躁地说，但马上又恢复了理智，"自从来到这儿，我感觉你一直都心不在焉。你总是四处乱晃，失神地看着远处，好像失忆了或者消化不良一样。"

"这是我在散发艺术家气质。"

"唔，那你至少别光想这些，时不时也给姑娘一个吻吧。"她探身到我耳边低语，"没必要等到回伦敦啊，小猫，你知道的呀。"

我作为凶手的专一绝对无人能质疑，我把注意力都放在了乔治身上，甚至都忘了我跟莲娜的亲密关系。我谨慎地向她解释为什么想留在这里，担心她会不高兴——毕竟周围有十几个人在看着，这应该会刺激而非压制她的情绪。奇怪的是，她平静地接受了。甚至有点太平静了，让我不由得怀疑起来。我起身去打球的时候，她的嘴角愉悦且挑衅地微微一笑。比赛途中，我注意到她正在和维奥莱特密切交谈。到我们打完下场时，我听到她对乔治说（显然她是故意让我听到的）："亲爱的乔治，你说要是你妻子迷人的姐姐留下来住一段时间，好不好？那部电影已经拍完了，所以我应该可以在这里多待几个星期，享受一下简单的乡村生活。可以吗，长官？"

"这么突然？"他说，给了她一个充满算计的眼神，简直像奴隶市场里的商人，"也可以，只要小维不介意，可以让你住着。为什么突然改主意了？"

"嗯，是这样，要是没了我的小猫的话，我很快就会变憔悴的。可别告诉其他人哦。"

"小猫？"

"就是菲利克斯·雷恩先生。小猫菲利克斯。小猫。懂了吗?"

乔治大声笑起来,显得又蠢又尴尬:"我的妈呀!小猫!这绰号还挺适合他。他打球的动作就有点像猫。但说真的,莲娜——"他不知道我在听,也没看到我当时的脸色。我不会忘记他那副嘴脸,但是莲娜——她到底想干嘛?她是想挑拨离间,让我和乔治做对吗?难道我找上这个女人,从一开始就是个该死的、不可饶恕的错误?

8月5日

今早我照例给菲尔上课。他是个聪明的孩子——天知道他的聪慧遗传自谁——但他今天并不在最佳状态。从某些迹象来看,拉特利家一定又闹不愉快了。菲尔一直无法集中注意力。我早上进屋时,维奥莱特匆匆走过,眼睛红红的。上拉丁文翻译课时,菲尔突然问我有没有结婚。

"没有啊,怎么了?"我为向菲尔说谎而感到莫名的羞愧,尽管我对这里的其他人说谎时像训练有素的士兵一样面不改色。

"你觉得结婚是好事吗?"他紧张又克制地低声问道。和大多数独生子女一样,他说起话来带着超过年龄的成熟感。

"嗯,我认为是件好事。不管怎么说,可能性是有的。"

"嗯,我想也是。对于找对了的人来说是这样吧。我不会结婚的,永远不会。结婚让人那么痛苦。我害怕——"

"有时爱情的确让人痛苦。虽然听起来匪夷所思,但确实如此。"

"唉,爱情……"他说着,停顿了一会儿,然后深吸了一口气,突然急忙道,"爸爸有时会打妈妈。"

我一时说不出话。可见他极度需要安抚。作为一个敏感的孩子,他被父母之间的争吵深深地伤害了——这对他来说就像生活在火山边上,毫无安全感可言。我正准备安慰他几句,但一股厌恶感突然控制了我的全身。我不想参与此事、为之分心。因此我对他说(恐怕语气有点冷淡),我们还是把注意力集中在翻译功课上吧。这真是一种卑劣的懦夫行径,我能看出我的背叛让他一脸失落。

8月6日

今天下午去参观了拉特利与卡尔法克斯汽修厂。我跟乔治说,这可能会成为我新书里的素材——"我是人,人性所在,我无例外"[①]是侦探小说作家的座右铭,虽然当时我也许没能逐字引用。我提了很多愚蠢的问题,好让乔治觉得自己高人一等,而我也借机了解到厂里保存着大量汽车零部件。我不敢太直白地问起挡泥板和保险杠的事,不然他可能会怀疑我是便衣警察。之前我就发现,他有时会把车停在厂里过夜,尽管他家里有个车库。

然后我们走出后门,那里有一小片荒地,弃置着大量垃圾。塞文河在稍远处静静流淌着。我想搜查一下这堆破铜烂铁,所以我故意跟他聊天,拖时间。虽然我不觉得乔治会蠢到把涉事的挡泥板丢在这里。

---

①原文为拉丁语。

"这里有些脏乱啊。"

"哈！那你说能怎么办？挖个大坑全埋了，像反垃圾联盟那样？"

乔治有点激动过头。他很自负，有时会相当易怒。我决定豪赌一把。

"为何不倒进河里呢？反正眼不见为净嘛。"

他在回答之前明显愣了一下。我发现自己不受控制地发抖，于是赶紧从他身边离开走向河边，以防被他看出来。

"行啊，伙计，真是个好主意！我能让镇议会对我俯首称臣了。倒进河里！真不错！我得告诉卡尔法克斯。"他走到了我身边，"不过，河太浅了。你看。"

我看了看，确实能看见河底。但在我左手边二十码处，停泊着一条废弃的小船。靠近河边的水确实很浅，藏不了东西，但乔治轻易就可以将船开到河中央，并在那里丢弃至关重要的证据。

"我不知道这河有这么宽。"我说，"都想试试划船了。这里有地方能租船吗？"

"要我说，"他漠然地说，"划船这种活动对我来说节奏太慢了——握着根绳子，干坐一天。"

"找机会我带你出去，等遇到强风的时候，你就不会说它'节奏慢'了。"

必要的地方我都看过了。那堆废旧零件已经有一定年头了。一堆没用的破烂。我们经过时，我还看到有只老鼠从里面跑了出来。有这个垃圾场跟河流，这里自然是它们的天堂。回到汽修厂里，我们遇到了哈里森·卡尔法克斯。我随口提到我想去划船，他说他儿子有一艘十二英尺的小船，可以借给我，因为他只在周末使用。对于乔治来说,时不时去划次船是个不错的调剂。或许我也可以教一下菲尔怎么划船。

8月7日

今天下午我只差一点就杀了乔治·拉特利,真的就差一丁点。我现在筋疲力尽,没有什么情绪,只剩下刺痛的空虚——仿佛被判缓刑的是我,而不是他。不,不是缓刑。他总有一天会被我杀死。当时的情况简单得过分——无论是送到我手边的机会还是他侥幸的脱逃。我还能再遇上这样的好机会吗?现在,午夜都已经过去很久了,我却还在一遍遍地回想今天的事。也许落到笔头上会有助于我驱散这些念头,抓紧时间睡觉。

我们五个——莲娜、维奥莱特、菲尔、乔治和我——今天下午开车去科茨沃尔德玩。我们先去了拜伯里踏青,然后在下午茶时间野餐。乔治带着我参观拜伯里,大摇大摆的模样就像是在介绍自己的领地。我努力装作第一次来,但其实已经来过十几次了。我们斜靠在桥上,呆望着河里的鳟鱼,那些鳟鱼肥胖且目空一切,有点像乔治。之后我们开车到了山上,莲娜跟我和菲尔一起坐在后座。她一直表现得和我很亲密,下车后还挽起我的手臂,贴着我走。我不知道这是不是惹乔治生气的原因,但肯定有什么惹到了他。我们在树林里的一角铺上毛毯,维奥莱特建议点上一堆篝火驱赶蚊虫,却没想到引出了血腥的一幕。

本来,乔治因为要去拾柴而有点不悦,然后莲娜又开始取笑他,说做点体力劳动可能有利于他减肥。这可不好。乔治显然很窝火，于是去找菲尔的茬，说既然菲尔在预备学校的童子军部队里训练过，就该来展示一下怎么在野外生火。树枝有些潮湿，可怜的菲尔双手也不太灵光，弄了很久，还是没办法生起火来。乔治在他身旁光站着不帮忙，还对菲尔说些威吓和嘲笑的话。可怜的孩子只能笨拙地摆弄着树枝，浪费了几十根火柴，还奋力吹气想让火燃起来。他的脸越涨越红，双手累得不停颤抖。乔治的举止简直令人作呕。很久之后，维奥莱特终于过来帮菲尔说情，结果却是火上浇油。乔治冲她怒吼："明明是你要生火，现在又来干涉我，你到底想怎样？不过反正只有像他这样没出息的弱智才会生不起火。"

这番对母子俩毫无由来的指责让菲尔实在忍无可忍了，他跳了起来，直面乔治说："要是你这么懂，干脆你来试试啊？"

这句叛逆的回击声音越来越小，菲尔没有足够的勇气顶撞父亲。但乔治还是一字不漏地听清了。他狠狠地抽了菲尔一耳光，打得小男孩摔倒在地。整件事都令人发指——乔治是故意激怒孩子，引他反抗，然后借此机会打他一顿。我恨自己没有勇气在事情发展到这一步之前插手。这时我一跃而起，很想直接把我对乔治的看法都明明白白地告诉他（这肯定会毁掉一切，包括我的计划）。然而，莲娜抢在了我前面，她若无其事又冷静地说道："你俩先去四处看看风景吧，茶五分钟后就能泡好了。去吧，乔治，我亲爱的。"她向他投去了最为诱惑且依依不舍的眼神，然后乔治就像小绵羊一样跟着我走了。

我们真去看风景了，确实是壮丽的景色。我们转过树林的一角，一面近百英尺高的陡崖蓦然闯进视线。那是一个废弃的采石场。接下来发生的事情虽然复杂，但实际上历时不到三十秒。我当时离乔治有点远，因为我走开了几步，想仔细看一朵兰花。当我走近它时，我惊觉自己正站在采石场边缘，高耸的崖壁直插地面。我四周环绕着波浪般的山丘、丛生的杂草、星星点点的三叶草和芥菜。当然了，还有乔治。他的厚嘴唇在胡子底下嚅嗫，就是这张恶毒的嘴，把维奥莱特和可怜的小菲尔的夏日午后毁掉了。而且，他还是杀死马蒂的凶手。我看着这些，同时留意到悬崖边有一个兔子洞。我马上就想好了应该怎么杀掉乔治。

我叫他过来这边看看，他开始向我走来。我会叫他看看悬崖底下的碎石机。他会站到悬崖边上，然后我就会走过去。但我走出第一步就会踩到兔子洞上绊倒自己，然后重重地摔向乔治，把他撞进深渊。剩下的事情就交给悬崖的高度和乔治的体重了。这是完美的谋杀计划。不管有没有人这么巧看见这一切，都无所谓。无论如何我都无须隐瞒我"不慎"撞到乔治的事实。既然没有人知晓我谋杀他的动机，自然也就不会有人怀疑这起意外的真实性。

乔治离我只有五码远了。"来了，看什么呢？"他还在向我这边靠近，结果我却犯了个致命的错误——诚然，当时我根本没可能知道这是错误的选择。毫无来由的鲁莽冲动充斥我全身，我跟他说："这底下是一个大采石场，深得要命啊，过来看看呗？"语气中几乎带着点激将的意味。

他立即停下了脚步，说："我就算了，谢了老兄。我一直受不了太高的地方——实在没胆。我有恐高症，好像是这个叫法……"

唉，现在必须全部重新来过了。

8月10日

昨晚在拉特利家举行了一次聚会。过程中发生了两次小状况，进一步暴露了乔治的性情。当然，很难说如此恶劣的性情是否还需要"暴露"。

晚餐后，莲娜表演了一两个小节目，然后，我们开始玩一个让人相当容易动歪心思的游戏，叫"沙丁鱼罐头"。首先，要有一个人先躲到尽量狭小的空间里，然后其他人逐个开始寻找，一旦发现他，寻找者就要跟着躲到他身边，直到所有人都躲进来，让这个空间形成加尔各答黑牢①与巴比伦狂欢两种状态的交织。我们玩第一轮时，罗达·卡尔法克斯是第一个去躲的人。我没花多久就在一处放满扫帚的壁橱里找到了她。

里面一片漆黑，我坐到她身旁时听到她低声说："行啊，乔治，没想到你这么快就找到我了。我身上可能带有磁性，能吸引你。"她语气中带点讽刺。于是我猜，她肯定是提前告诉了乔治该去哪里找她。然后她把我的胳膊拉过去搂着她的腰，并把头靠到我的肩膀上，这才猛然发现自己犯了严重的错误。但她镇静地应付了过去，也没挪开我的手臂。不一会儿，另一个人跌跌撞撞来到卡尔法克斯太太的另一侧。

"啊，罗达，是你吗？"他低声说。

"是的。"

"所以是乔治最先找到你喽？"

"不是乔治，是雷恩先生。"

原来是卡尔法克斯先生，他竟然认定会是乔治先找到罗达，

---

① Black Hole of Calcutta，一座监禁英国俘虏的牢狱，比喻拥挤闷热的房间。

耐人寻味,他大概是那种自以为是的丈夫吧。乔治第三个找了进来,我感觉他肯定很不乐意有罗达以外的人在场。无论如何,在又玩了一局"沙丁鱼罐头"后,他下令说玩玩别的游戏吧(他是那种事事都抢着要掌控局势的性格,哪怕只是在玩室内游戏)。于是,他开始组织一种很野蛮且惹人惨叫的游戏——众人要跪成一圈并互相扔抱枕。他挑了一个很硬的抱枕,大肆闹腾后得意地放声大笑。有一次,他故意使出浑身解数将垫子砸到我的脸上,打得我摔向一旁,还失明了好一会儿。他发出虚假的大笑。

"把他狠狠打倒了,对不对!"他高呼。

"你个白痴,"莲娜说,"把别人眼睛打瞎到底有什么意义?你这大块头,就爱炫耀。"

乔治装作关切地拍拍我的肩膀,说:"可怜的小猫啊。不好意思啦,老兄,别往心里去。"

我满腔怒火,尤其因为他当着大家的面说出那个愚蠢的绰号。我假惺惺地回击:"没关系,小老鼠,老男孩。你只是没想到自己这么厉害,对吧?"

乔治可不乐意听到这话。就该教训教训他,让他把那些轻浮粗俗的话都咽回肚子里去。我越发觉得他在嫉妒我和莲娜的关系,但并不是很确定。也许他只是迷惑,搞不清我和她到底是什么关系。

8月11日

今天莲娜问我为什么不愿意搬去拉特利家和她一起住,我回答说我觉得乔治会相当介意。

"哦,他不介意的。"

"你怎么知道?"

"我问过他了。"她严肃地看了我一会儿,"亲爱的,你不用想太多。我和乔治已经没关系了。"

"也就是说,你们之间曾经有过关系?"

"是!"她猛地爆发了,"我当过他的情人,行了吧!你要是想走那就收好你的行李滚吧!"

她快要哭了,我赶紧安慰。过了一会儿,她说:"你会来的,是吧?"

"好吧,只要乔治真的不介意。"不知道这是不是一招错棋,但拒绝莲娜也不容易。我得把我的日记藏好了,不过搬去离目标那么近的地方,我肯定会有很多话想记下来。制造意外,说起来倒是容易,但要为乔治设计一起合适的"意外"可真是太难了。首先,我的知识储备不够。我对汽车不甚了解,在他的车上动手脚就不太可能。事实上,任何机械"事故"都不在考虑范围内。也许住到他家里能让我有新的灵感。俗话说,即使是生活得最有规律的家庭也会遇上意外,何况他们家还不一定生活规律。与莲娜同住也很不错,希望她不会让我变得软弱——现在我没有闲暇顾及爱情——我是孤身一人,并且必须保持这种孤独的状态。

8月12日

今天,我驾着从卡尔法克斯家借来的小船在河上度过了一个惬意的下午。正如我上次出航时猜测的那样（当时风力不大，我未能确定），这艘船的舵柄略微背风，在大风的天气里会很难操控。我还是要尽快带菲尔来划一次船，他显然特别想尝试，但我总是推托。要是马蒂还活着，我这个月本该在教马蒂划船的。所以我才更应该带菲尔出来，他的存在能时刻提醒我要去复仇。

这些天和乔治朝夕相处，即便我全身的细胞都本能地痛恨他，但当我看向镜子的时候，表情却平静而淡然。这让我十分震惊，百思不得其解。所以今晚我想了很久为何会变成这样。虽然我全身心地恨着乔治，但面对他时我并不需要刻意隐藏情感，也没有失去耐心想赶紧痛下杀手。我不是害怕后果，也并非因找不到合适的方法杀掉他而感到绝望。但不知为何，我确实愿意拖延下去。

我相信原因是这样的：正如恋人拖延不仅是因为羞涩，更是为了延长恋情的甜蜜一样；仇人的拖延是为了仔细品味复仇的快感，尽情嘲笑毫不知情的猎物，这样复仇者的恶意就能够得到最大限度的满足。这听起来太牵强，牵强到我不愿向任何人坦白，除了我幻想中的听众——也就是这本日记。然而我对此深信不疑。这些想法让我听起来像一个神经质的怪物，一个彻头彻尾的虐待狂，但它却精准地描述了我与乔治相处时的感受。我骨子里知道，这就是真相。

哈姆雷特的"优柔寡断"不也是这样吗？不知道有没有学者提出过这个见解：哈姆雷特是故意延迟复仇的时机，一滴滴地挤出甜蜜而危险的复仇美酒。应该是没有的。等除掉乔治之后，我一定要写一篇关于哈姆雷特的论文，探讨一下这个猜想。由我来撰写这样一篇文章，真是绝妙的讽刺。天哪，我都想现在就动笔了！哈姆雷特并非优柔寡断、怯懦或神经质，他很有复仇的天赋——他的复仇简直是艺术。表面上他一直摇摆不定，实际上他是在逐步吸干敌人体内的血液。国王早在死亡之前就成了具空皮囊，像一颗被榨干了汁水的水果。

8月14日

说到讽刺，不得不提昨晚餐桌上那场非凡的对话。我不记得是怎么开始的，也不记得是谁先开的口，但它最终演变成了一场关于"杀人的权力"的研讨会。话题也许是从讨论安乐死开始的。在无计可施的情况下，医生们是否还应该"徒劳地保住患者的生命"？

"那些医生啊！"拉特利老夫人扯着沉重的嗓音喊道，"全都是强盗、江湖骗子！我一个都不信。看那个印度的家伙——叫什么来着？把他的老婆切碎，藏到了桥底下。"

"你是说巴克·鲁克斯顿吧，妈？"乔治说，"那件案子是很奇怪。"

拉特利老夫人咯咯地哑笑出声，我好像看见他们母子交换了眼神。维奥莱特涨红了脸。真是让人不自在的时刻。

维奥莱特怯生生地说："我觉得，要是人们得了不治之症，他们应该有权利拜托医生让自己免于痛苦。您觉得呢，雷恩先生？毕竟，我们对动物就是这么做的。"

"医生？呸！"拉特利老夫人说，"我这辈子就没生过病，那玩意都是你想象出来的。"乔治发出一阵哄笑。"我跟你说，乔治，你最好把那些药都丢掉。像你这么结实健康的人，居然为了那些七彩药水给医生付那么多钱！真不知道你们这一代人究竟经历了些什么，怎么有这么多疑病症患者。"

"什么是疑病症？"菲尔问。我们都忘了他也在，他才刚被允许参与饭后闲谈。我发觉乔治那些伤人的狠话已经到了舌尖，因此抢先回答道："就是认为自己得了病，但实际上并没有患病的人。"

菲尔似乎没听懂。我想，他应该理解不了有人会希望自己生病吧。谈话就这样随性地继续了一会儿。乔治和他母亲都听不进别人的话，只是一味发表自己的观点——如果他们说的东西配得上"观点"这个词的话。我很反感这种混乱的谈话，出于恶作剧的心态，我平静地对饭桌上的大家说："先不说生理或精神疾病无法治愈的情况，那些病入膏肓的社会害虫——那些让身边的人深陷痛苦的人，你们不觉得杀死这样的人是正当的吗？"

众人陷入一阵意味深长的沉默，然后好几个人同时开口了。

"我感觉话题扯得有点太远了。"维奥莱特说。她呼吸不匀，强撑着女主人的威仪，但内心的歇斯底里已经快要藏不住了。

"但是，想想看这样的人该有多少啊——我是说，该从谁开始？"莲娜边说边盯着我看，几乎像是第一次见到我——还是说，这只是我的想象？

"屁话，这想法太恶毒了。"拉特利老夫人说，她显然被吓到了。也许她是全场唯一表露了真实情感的人。

乔治无动于衷，显然他根本没意识到我含沙射影的目标正是他。

"你的菲利克斯竟然是个这么嗜血的家伙啊，莲娜？"这是典型的乔治，他在这方面很胆小。当他与我独处时，从不敢这样取笑我，而即使眼下这么多人在场，他也只敢躲在莲娜身后阴阳怪气。

莲娜没有理他，她还在用那种多疑、试探性的目光盯着我，一边嘴角微微扬起。

"但你真的会下手吗，菲利克斯？"她终于严肃地问。

"下什么手？"

"除掉一只社会害虫——你所描述的那种人？"

"女人就是女人！"乔治插嘴道，"不说具体的案例就不罢休。"

"嗯，我会的。那种人没有活着的权利。"我淡淡地补充道，"就是说，如果不会因此被吊死的话，我会的。"

这时拉特利老夫人参与了战斗："所以你是自由主义者吗，雷恩先生？我猜你也是无神论者？"

我安抚般地说："哦，不，夫人，我的思想很保守。那您觉得还有什么情况下谋杀是正当的呢？当然了，除了战争之外。"

"在战争的时候，这事关荣誉，雷恩先生。战场上的厮杀不会像谋杀那样抹黑一个人的名誉。"这老妇人宣扬刻板观念的手法倒是让人印象深刻，浓眉大眼和挺拔的鼻子让她看起来就像是一名罗马贵妇。

"抹黑名誉？您说的是自己的还是别人的？"我问。

"好了，维奥莱特。"拉特利老夫人以墨索里尼般的口吻高声说道，"我们就让男士们留下喝他们的酒吧。菲尔，去把门打开，别站在那儿梦游。"

乔治在这座避风港里得到了庇护。毫无疑问，结束这个病态而尴尬的话题让他松了一口气。

"我母亲是个了不起的女人。"他说，"她父亲是埃弗肖特伯爵的远房亲戚，所以一直很讨厌我经商。但她也没得选，在大萧条的时候存款全没啦，可怜的老家伙。要是没有我，她就只能住济贫院了。当然，现如今头衔什么的毫无意义。谢天谢地，我并非势利小人。我是说，人要与时俱进，对吧？但她这样看重尊严，其实还挺好的。很有贵族做派。说到这个我想起来了，你听说过公爵和那个独眼女佣的事吗？"

"没有。"我边说边抑制住想吐的冲动。

8月15日

今早我又带菲尔出航了。刮了一阵风之后，天空下起了雨。小船在风雨中很难掌控。菲尔双手不太灵巧，但他学得很快，并且很有胆量。这孩子心思敏感，迷恋冒险。然后他跟我说，他想杀死自己的父亲。

我知道他只是说说而已，没有太当真，毕竟童言无忌。他刚上手掌舵时，一阵相当猛烈的风差点把船按进水里。他按我教的那样将船转向，迎风而行，然后转过来看着我笑了起来，眼里闪着兴奋的光芒。

"哎呀，这真的太好玩了，菲利克斯，对吧？"

"没错，你做得相当好，真该让你爸爸也看看的。注意！要时刻警戒背后。往上风的方向看的话，你就可以提前看见风吹过来。"

菲尔显然非常高兴。乔治认为（也许他是故意这样说的）菲尔是个彻头彻尾的懦夫。其实菲尔很希望能在冷漠的父母面前证明自己，证明他们的看法是错的，这股渴望能让他做出惊人的改变。

"哦，没错！"他喊道，"你说——我们能让他一起来吗？"然后他拉下脸来，"哦，不，我忘了。他不会来的，他不会游泳。"

"不会游泳？"我重复了一遍。这句话在我心里回荡着，像是有人从远处朝我大喊，声浪一波高过一波；又像是从我内心最深处发出的颤动。我仿佛被打了麻药，失去意识前听到了那句微弱的话语。我的心脏疯狂地怦怦跳，复仇的恶灵即将冲出牢笼。

今晚就写这么多吧，我必须仔细地想清楚。明天我会把计划写下来，那将会是一份简洁而致命的计划。我已经能看见它在我眼前逐渐成型。

8月16日

很好，我相信计划已经万无一失了。唯一的困难是把乔治请到河上去，但我想几句恰到好处的嘲讽应该就能达成目的。一旦上了小船，他就在劫难逃了。

我得再等一个刮风下雨的日子，就像昨天那种。假设我们遇上西南风——也就是这里的盛行风，我们可以溯流而上半英里左右，然后掉转船头迎风航行。这就是我的机会。我们得撑起左舷的横杆，我要等到一阵猛烈的风吹来，然后确保小船持续转帆。由于舵柄略微背风，船必定会翻。而乔治不会游泳。

本来我没想借助风雨，而是自己操控船翻过去。但河流两岸一般都会有渔民，可能会有人碰巧看到这起"意外"，又碰巧知道一些航行知识，让人尴尬的问题就会接踵而至。比如，为什么像菲利克斯这样有经验的水手还会翻船？如果能让乔治在关键时刻握着舵柄，就会更有说服力。

就这样，我组织好了计划。当船开始迎风而行时，我会把舵柄交给乔治，自己则去操作主缭绳和前帆缭绳。当看到有强风袭来，我就叫乔治转舵迎向上风，这样风就会从主帆后缘吹来，而帆桁会以极大的力量正对着风摆动过来。唯一的补救希望就是用力放下舵柄，但乔治当然不懂这个，我也不会有时间在船翻之前把舵柄从他手里抢下来。我一定要记得在开始行动前收起中央板。这是很正常的动作，它将是确保小船翻倒的第二重保障。乔治会轻易地摔进河里。要是运气好，他还会被横杆打晕，应该不会有机会回过身来抓住船体。我需要设计一下，让自己被船帆挡住，或是被帆布缠住，这样我便无法及时脱身去营救可怜的、亲爱的乔治。同时还得注意，翻船时不能离岸边的渔民太近。

这将是一场完美的谋杀，一场无可置疑的意外。最糟糕的后果无非是验尸官可能会指责我，居然让乔治这种外行在这么糟糕的天气里操作帆船。

验尸官！天哪，我忽略了这个严重的问题。我的真名几乎一定会在审讯中被公开，而莲娜就会发现我是一名父亲，而我的孩子死于乔治造成的车祸。她有没有可能把线索联系在一起，进而怀疑这起事故不像表面看上去的那么单纯？我得想办法说服她。她有爱我爱到可以就此保持沉默吗？这样利用莲娜，真是一件可耻的事。但我为什么要在乎呢？马蒂才是我必须铭刻于心的。马路中央的可怜小男孩，还有那袋被撞撒一地的糖果。与他的死相比，其他人的想法有什么好在意的？

据说溺水的初期是非常痛苦的。太好了，我很满足。乔治的肺会被压破，他会因为极度痛苦产生恐怖的幻听，他会徒劳地挥舞双手，拼死想抵抗河水施加在胸口的压力。我希望他能记起马蒂。我要不要游到他身边，对着他的耳朵喊马蒂的名字呢？不，我还是保持距离，让他自己"沉溺"在濒死的念头里吧，有这些念头作为对马蒂的补偿就足够了。

8月17日

今天吃午饭时，我投下了乔治专属的诱饵。卡尔法克斯夫妇也在场。罗达·卡尔法克斯一直和乔治眉来眼去，而一旁的维奥莱特则像局外人一样，只敢装作没看见。看到可怜的维奥莱特，我越发想要扳倒乔治。我提起菲尔的事，说他很可能会成为一流的水手。乔治听了之后的表情有些骄傲，又有些怀疑。他不情不愿地说，很高兴知道这小子有点本事，能做点事总比整个假期都在花园里乱晃要好，诸如此类。

"你也该找天来试试啊。"我说。

"试划你的小艇？不了吧！我还算惜命的啊！"他笑了，笑得很大声。

"其实很安全的，这点你不用担心。不过，奇怪的是——"我当着全桌人的面继续说道，"有很多人害怕搭乘小船，但他们过马路前从不觉得自己会被车子撞死。"

在听到我的最后一句话时，乔治略微垂下了眼皮。这是他仅有的反应了。维奥莱特连忙插话道："哦，乔治可不会害怕。只不过——"

这真是最不合时宜的话了。乔治显然完全不能接受妻子替他说话。毫无疑问，她本打算说乔治不想去只是因为不会游泳，但乔治打断了她，装模作样地模仿她说话："哦不，亲爱的，乔治可一点也不害怕呢。他才不会害怕一艘小船呢，一点也不怕。"

"那就好。"我装作不经意地说，"那就改天一起吧？我保证你会玩得开心的。"

箭在弦上不得不发，我紧张得难以呼吸。屋内的其他事物都变得飘渺而遥远——莲娜跟卡尔法克斯在闲聊，维奥莱特暗自慌乱，罗达懒懒地对着一脸蠢相的乔治笑，拉特利老夫人吃着鱼，浑身散发着怒气，仿佛突然发现鱼有哪里不对劲，双眼时不时从浮夸的眉毛底下向乔治和罗达射去犀利的目光。我全神贯注，坐着不敢动，尽力放松像绷紧的铁丝网一样发抖的身体。我呆望着窗外，直到外面的灰房子和树影变得模糊不清，交融在一起，化作一幅震颤的、斑驳的图案，就像阳光下倒映在河面上的树影。

突然，我被一个遥远的声音唤回了现实。是罗达·卡尔法克斯在对我说："雷恩先生，不教小孩的时候，你闲时都做些什么啊？"

我正准备打起精神回答，却被乔治抢先了："他啊，他就待在楼上，策划他的谋杀呗。"

我经常在写作中使用一句老套的话："好像所有的血液都要从他的心脏里流走。"但我从不知道这句话有多么准确——现在我第一次体会到了。乔治的话让我觉得自己就像砧板上的一块肉，任人宰割。我盯着乔治，嘴唇不受控制地抖，度秒如年。直到罗达又说："哦，你在写新书，是吧？"我才意识到乔治其实是指小说里虚构的谋杀。真是这样吗？他有没有可能真的发现了什么，或是起了疑心？不，担心这些就太傻了。心头的大石重重落下，我忽而恼火起来，想要反击。我无法接受乔治竟猝不及防地对我造成了如此大的打击。

我说:"对啊,我正在设计一桩很棒的谋杀,肯定会是件杰作的。"

"他是高手。"乔治接道,"什么密室啊,杀人灭口啊之类的。当然了,他只是说自己在写侦探小说,但我们又没有证据,对不对?要我说,他应该把稿子给我们看看,是吧,罗达?好让我们确认一下他是不是在逃通缉犯,或者伪装的犯罪高手之类的。"

"我不——"

"要的,餐后你一定要给我们读一部分,菲利克斯。"莲娜也说,"我们会围坐在一起听你朗读,听到凶手的尖刀挥下时,我们会一起为你发出尖叫的。"

太糟糕了。这个想法开始在众人之间扩散,像燎原之火一样无法停下。

"一定要啊。"

"是啊,让我们见识见识嘛。"

"来吧,菲利克斯,有点男子气概。"

我努力想用坚定的语气拒绝,但恐怕实际上听起来像只慌乱的母鸡:"不,我做不到,对不起。我不喜欢让别人看未完成的稿件,这是我的习惯。"

"别扫兴啊,菲利克斯。要不这样——如果你这个原作者太害羞的话,就让我来读吧!我给大家朗读第一章,然后打个赌猜猜谁是凶手——每人赌一先令吧。我想凶手应该有在第一章被提到吧?我现在就上楼去拿。"

"千万不要。"我的声音沙哑了起来,"我绝不允许。我不会让人随意翻看我的手稿。"乔治那傻笑的脸实在惹人厌,我肯定一直在狠狠瞪着他。"你也不希望别人窥探你的私人信件吧，所以你也别碰我的，非要我说明白才行吗？"

乔治当然乐于见到我狼狈的样子："啊哈，我懂了！私人信件，情书是吧？小心翼翼地藏起心中的爱？"仿佛觉得这个金句很巧妙一般，他大笑起来，"你可得当心点，不然莲娜会嫉妒的，她生气的时候可吓人了。"

我拼死控制住自己，继续装出随意的语气："没有，不是情书，乔治。你真不该老是这么头脑简单。"我忍不住继续说道，"但我真的不能公开手稿，乔治。假如我把你写进了故事里，你听了也会很尴尬的，对吧？"

卡尔法克斯出人意料地大声接话："我可不觉得他有本事认出自己来。通常没人会这样代入的吧？当然了，除非他是主角。"

真是一句优秀的讽刺。卡尔法克斯一直是很中立的角色——没人料到他会说出这样的话。但不用说，这对厚脸皮的乔治几乎没有造成伤害。接下来，大家开始讨论作者化用真实人物来塑造虚构角色的问题，危机的风暴终于过去了。但在它过去之前，那股寒意实在渗透骨髓。我向上帝祈祷，千万不要再让我失去理智，像刚才那样对乔治大发脾气。希望藏日记的地方足够安全吧。如果乔治真对我的"手稿"那么感兴趣，我怀疑一把小小的锁根本挡不住他。

8月18日

虚伪的读者们，你能想象自己成功完成一次谋杀，并逍遥法外吗？这次谋杀从手法到行动，无论成功或失败，都必须伪装成一场毋庸置疑的意外。你能想象日复一日地跟你要杀害的人住在同一个屋檐下吗？尤其是这个目标人物是如此恶心，他的存在本身就是对身边人的诅咒，对造物主的亵渎，你也知晓他的罪恶，你能想象和他生活在一起有多"容易"吗？很快，你就会对他厌恶透顶。他有时会用奇怪的眼神看你，因为在他眼里，你有点心不在焉；而你则会回他一个高兴、散漫的微笑。你的大脑正在不停地运算，你第五十次开始计算风速风向，思考如何操作船帆和舵柄才能将目标引向死亡。

请想象一下上面的情形，然后发现自己被一件很小的事挡住了前进的步伐，充满困惑和不解。亲爱的读者，也许你会猜测，阻拦我的是良知发出的微小呼声。这个想法很善良，但并不对。相信我，我的良心不会因为消灭乔治·拉特利而感到丝毫不安。即便不算上其他罪行，他对菲尔的虐待也给了我足够的理由动手。乔治已经害死了一个那么好的孩子，不能再让他毁掉另一个。所以，阻碍我的并非良心，甚至不是天生的胆怯。实际上，阻挡我的东西比这些都更加原始——是天气。

已经到了这一步，我却不知道还要等多久。我就像古代的水手一样吹着口哨，试图呼唤出大风。用吹口哨召唤风似乎是一种交感巫术，就跟第一艘帆船一样古老，就像野人敲钹祈雨或者在田地里举行生育仪式。说我吹哨求风其实并不准确。今天是有风，可惜风太大了，是很强的西南风。这就是难处。我必须等到某一天风力恰到好处，能将一艘难以操纵的船吹翻，让初次登船的新手葬身河底，但风又不能太大，不然就显得提议出航的人不怀好意。要等多久才能遇上合适的天气呢？总不能永远待在这儿吧！而且，莲娜也开始变得不耐烦了。说实话，我也开始觉得她有那么一点点无聊。这样说真的非常不好，毕竟她是如此的甜美可爱，但最近似乎失去了很多神采。对我来说，如今的她心思太过少女，太黏人，也太热情。今晚她跟我说："菲利克斯，我们一起到别的地方去好吗？我好厌倦这群人啊。你不跟我一起走吗？求你了。"她为此一反常态地激动起来。也难怪，待在这儿可不算有趣。在这里我每天都要见到乔治，被迫回想起七个月前他们的车在小巷里撞死了一个小男孩。当然了，我只能不停地用模棱两可的承诺来拖着她。我不是特别喜欢莲娜，后续也做好了打算要做更卑劣的事，但我不敢和她决裂。因为，当我的真实身份在审讯中暴露时，我必须让她站在我这边。

我很希望她能回到我们初次见面的状态，满嘴俏皮话，坚强自立，青春有活力。背叛那样的莲娜会容易得多。然后总有一天，她会察觉到自己被背叛了，被当作我找寻答案的线索，尽管她从不知道那个问题是什么。

8月19日

今天拉特利家发生了一个有趣的小插曲。当时我经过一扇半开着的房门，里面传来一阵微弱的抽泣声。我本想当作没听到，赶紧离开。在这里住久了，我早就习惯了这种声音，但我听到乔治的妈妈用刺耳、急躁、专横的口气说："行了，菲尔，别再哭了。记住，你是拉特利家的人。你祖父是在南非战争中牺牲的，死的时候身边都是被他杀死的敌人。他最终被敌人肢解，但从未投降。想想他，你不羞耻吗？成天哭哭啼啼——"

"但他不应该——他——我受不了——"

"等你长大就明白了。你爸爸虽然脾气暴躁,但一家人里只能有一个人作主。"

"我不在乎你怎么说,他就是个恶霸。他不能那样对待妈妈——这不公平!我——"

"住口,小子!马上住口!你哪来的胆子这样批评自己的父亲?"

"你明明也说过!我昨天听到了,你说他和那个女人那样眉来眼去简直是丑闻,你——"

"够了,菲尔!永远不许对我或任何其他人说起这件事。"拉特利老夫人的声音宛如一把生锈的锯齿刀,但瞬间又变得甜腻、耐心——多么可怕的转变。她说:"答应我,孩子,忘掉昨天听到的那些话。你还小,不应该为这些大人的问题烦恼。答应我。"

"我可没法保证能忘掉。"

"别耍滑头,孩子。你知道我是什么意思。"

"唉,好吧。我保证。"

"这还不错。现在,看见你祖父挂在墙上的那把剑了没?去把它取过来。"

"但是——"

"照我说的做……没错。把它给我,来帮奶奶做点事。来,双膝下跪,好好拿着这把剑,对它起誓,无论发生什么,你都会维护拉特利家的荣誉,永不为你的姓氏感到羞耻。无论发生什么。听明白了吗?"

这我可受不了。乔治和那老泼妇两个人裹挟着这个孩子,会把他逼疯的。于是我踱进房间,说:"你好啊,菲尔,怎么拿着那么危险的武器?可别失手摔了啊,会把你的脚趾砍下来的。

哦,我刚刚没看见您,拉特利老夫人。我该带菲尔去上课了。"

菲尔呆呆地对我眨了眨眼,好像梦游的人刚被叫醒,然后紧张地看了看奶奶。

"来吧,菲尔。"我说。

他抖了抖,突然赶在我前面快步走出了房间。拉特利老夫人还是那样坐着,膝盖上放着那把剑,整个人呆呆的一动不动,像爱泼斯坦的雕塑作品。出门时,我能感觉到她的目光扎在我的背后。为了保命,我没敢转过去直面她的视线。我默默向上帝祈祷,要是我能像淹死乔治一样也把她淹死就好了,那样菲尔就有救了。

8月20日

令我惊讶的是,我竟然完全能接受自己将在几天之内(一切看天气)谋杀一个人的想法。我的情绪毫无波动,最多也只有普通人在看牙医前可能会产生的那一丝不安。我猜,当一个人花了大量时间全面审视某项任务后,他的感官很容易变得麻木和迟钝。真是有趣的现象。我对自己说:"我很快就要成为杀人犯了。"——这句话自然又平静地击中我的耳朵,听起来真的非常像"我很快就要成为一名父亲了"。

说到杀人犯,今早我把车开进乔治的汽修厂换机油时,和卡尔法克斯聊了好一会儿天。他真的是那种非常正派的人。我无法想象,他到底为何能忍受乔治这种差劲的合伙人?卡尔法克斯是侦探小说的狂热爱好者,向我请教了不少小说中谋杀手法的问题。我们从虚构凶手的角度出发,讨论了指纹鉴定,还聊了氰化物、士的宁和砷的优劣势。但恐怕我对毒药方面的知识确实很浅薄。等我重拾作家的本职工作，一定要好好研究一下毒药学。真奇怪，我竟然相当冷静地觉得，在谋杀乔治这一幕演完后，我还能若无其事地回到原来的职业和生活中去——简直像威灵顿公爵在赢下滑铁卢战役后，回去马上就开始玩一盒锡兵人一样。

聊完后，我随意地逛到了汽修厂后部，结果看到了相当奇怪的一幕。乔治站在那里，宽大的背部向着我，完全挡在一扇窗户前，就像战役中被围困在房屋里，正朝屋外开枪射击的一名士兵。"砰"的一声响起。我向他走过去。原来他真的是在开枪，用的是一把气步枪。

"又搞定一只小杂种。"我走到他身旁时他说，"啊，是你啊。我在想办法把外面垃圾堆里的老鼠清理掉。什么都试过了——捕鼠夹，毒鼠药，人工搜捕，等等——但还是控制不住。它们昨晚溜进来啃坏了一个新轮胎。"

"这把步枪真不错啊。"

"对啊。菲尔上次生日我送给他的礼物。我跟他说，他每打死一只老鼠，我就奖给他一便士。他昨天就颇有收获呢。怎么样，要来比一下吗？我们来赌半克朗吧，每人开六枪，看看谁能打中更多。"

接下来的一幕真是有趣：一个策划谋杀的人和他盯上的目标竟友好地肩并肩站着，朝着一个鼠患猖獗的垃圾堆轮流射击。我要将这场景推荐给写惊悚小说的各位同行。只要稍加改写，这一幕肯定能成为迪克森·卡尔作品的完美开篇。格拉迪斯·米切尔应该也愿意拿来化用，或者安东尼·伯克莱。

最终，乔治赢得了那半克朗。我们每人都打中了三只老鼠，但乔治坚称我只打中了最后一只。我没有费劲去与他争论，毕竟，我们可是朋友，半克朗算什么呢？

今天的风速稍微下降了一点，但偶尔还是会有几阵狂风。我不如明天就下手杀掉乔治。他一般周六下午会休息，我也没理由再推迟计划。我与乔治的关系始于一场意外，也将终于意外，这也是相当讽刺的一件事了。

8月21日

终于到了，就是今天了。乔治今天下午会来跟我一起划船。这是我漫长征途的终点，也会是他的旅程起点。在早饭期间邀请他一起来划船时，我的语气相当平静。此刻，我握着铅笔的手抖个不停。白云悄悄出现在蓝天上，树叶沙沙作响，与阳光嬉戏。一切都如此美好。

菲利克斯·雷恩的日记到此结束

第二部分　河上一幕

乔治·拉特利回到餐厅，其他人正围坐其中，喝着咖啡。一位留着大胡子的圆脸男子用勺子舀起一块方糖，看着它在滚烫的咖啡中溶解、消失。乔治对这位男子说："我说，菲利克斯，我还有一些事要处理。要不你先去把船准备好吧？大概十五分钟后我就到浮动码头找你。"

"没问题，不用着急。"

莲娜·劳森说："乔治，你立好遗嘱了吗？"

"我本来就要去准备呢，只不过我教养好，没像你一样直接说出来。"

"你会照看好他的是吧，菲利克斯？"维奥莱特·拉特利说。

"别大惊小怪的，小维，我能照顾好自己。我早就不是襁褓里的婴儿了。"

菲利克斯·雷恩温和地说："听大家的说法，简直像乔治是要和我乘独木舟横渡大西洋。当然不是，他能一直活到被处以绞刑的时候——只要他一切听我指挥，别在船上发动兵变。"

乔治好像有点生闷气，胡子下的嘴唇噘了起来。他显然不喜欢听命于人。

"没问题的。"他说，"我会当个乖孩子的，我可不想被淹死啊。我从来都不喜欢水，除了往水里面倒威士忌的时候。戴上你的鸭舌帽先过去吧，菲利克斯。一刻钟后我就去找你。"

大家先后起身离开了餐厅。十分钟后，菲利克斯·雷恩已经将小船拖到了浮动码头外的水域。他以专家般的思维严谨地考虑一番后，抬起船舱底板，舀出积水并更换了板子；给船安好了舵；固定好艏三角帆后用升帆索来回拖曳，检查它是否能舒畅地移动，将帆布放在船头后转向主帆。他把横杆固定在桅杆上，把升帆索的一端与帆桁的套索连接，迎风站着将帆升起。帆布被猛烈的风拍打，发出哗啦啦的声音。他出神地笑了笑，又将帆降下，安装好双桨及桨架，降低了中央板，花了一点时间整理三角帆的缭绳。最后，他点了根烟，坐下来等乔治·拉特利。

他悠闲自得、一丝不苟地完成了这一切。直到最后时刻之前，任何差错都将会是致命的。河水潺潺，永不停歇地从他身边流过。他向上游望去，看见了桥梁和汽修厂的垃圾堆。垃圾堆前的那片水域，想必就是乔治淹没重要证物的地方吧。回忆起近八个月前的那天，这段时间被压抑得近乎消失的恐惧再次升起。他嘴巴紧绷，指间的香烟抖了起来。现在的他早已超越是非对错，那些词句对他来说早已空洞无用，就像此刻从他身边漂过的空罐头和冰激凌包装盒一样。他为自己的真实目的塑造了一身虚构的外衣，现在，幕布已经拉起，演出必须继续下去。他将被带往既定的结局，就像外面那些被水流裹挟的碎片残骸一样，无论如何都会去往宿命的终点。有一刻，他思考过计划失败的可能性。但是，就像前线的一名小兵，他只能专注于眼前，无法考虑更遥远的未来。除此之外，一切都仿若虚幻，沉没在激昂、短促的振奋旋律之中。他的心跳打鼓般敲击着胸腔，风断断续续地扑打着他的耳膜。

码头上的脚步声结束了他的神游。乔治在他身后低头看着他，两手叉腰，庞大的身躯仿若一座大山。

"老天！一定要搭这东西吗？好吧，来吧，放马过来。"

"不，不是那里。坐在中间的横坐板上，面向迎风面。"

"我都不能坐我喜欢的位置吗？我一直觉得这真是吃力不讨好。"

"我指示的地方更安全，能更好地平衡这条船。"

"更安全吗？那就好。好了，老师，让我过一下。"

菲利克斯·雷恩先后升起三角帆和主帆。他在船尾坐了下来，灵活地将左舷的前帆缭绳拉紧，并用一个活结将其固定。然后，当他拉动主缭绳时，小船接受了风的邀请，开始从码头中滑出。他们自由自在地航行，疾风在右舷吹过水面。乔治·拉特利双脚撑着挡水板套，双手紧抓船舷上缘，眼睛看着汽修厂从眼前经过。他以前没有从这一侧看到过。汽修厂像画一样美，然而现在处于亏本经营的状况。大大小小的气泡在他们小船的尾流中翻涌，水花轻快地拍打着船头。真平和啊，在水面上这般滑行，看着两岸的房子像在移动平台上一样顺滑地后退。乔治的恐惧逐渐消散。他看着菲利克斯不停操作手里的绳索和舵柄，经常回头注意身后的情况，表现得好像很困难的样子，觉得很滑稽。

他说："我一直觉得航行这件事像谜一样，现在看起来好像也没太神秘。"

"哈，看起来是容易。但是啊，等我们——"菲利克斯顿了顿，重新开口，"等会儿我们到了上游宽阔的水域，你想不想试试？"

"让我这样的门外汉来操作？"乔治大笑起来，"你不怕我把船弄翻吗？"

"没事的，只要你按我说的做就行。看好，'转舵向风'是往这边，'转舵背风'就是另一边。一旦你感觉到船倾斜了，就要转舵背风,这样能让船驶进风中,并将多余的风从帆里卸走。但不能太用力,不然很可能会顶风乏力——"

"顶风乏力!老天,听着像同性恋老头!"

"要是遇上顶风乏力,船会无法控制,你将任风摆布,最后你就要下水游泳了。"

乔治露齿一笑。他的牙齿又大又白,有那么一会儿,他看起来就像英国政客的夸张漫画画像,一副贪婪、毫无幽默感又得意扬扬的样子。

"哈哈,我看这简直易如反掌。不知道你啰啰唆唆这么多干嘛。"

菲利克斯心里腾起一团怒火。他想抽这个自大的傻子一耳光。一般菲利克斯被气到一定程度,他就会采取一些危险行动——不是直接攻击惹他生气的人,而是作出威吓。如果他在驾驶汽车或船只,就会突然作出非常危险的操作,把大家带到危险的边缘,以此把目标吓得魂飞魄散。他回头看了看,注意到有强风正从河面刮来,于是马上拉紧了主缭绳。小船马上大幅倾斜,仿佛只云团般巨大的手推了一把桅杆。他又向下猛压船舵,小船猛地一转,直直地立起,像狗甩走身上的水一样甩开了大风,同时一股浪打到了背风侧的船舷上。乔治第一次感受到原来小船还可能发生这么危险的晃动和翻侧,吓得脱口咒骂了一句。菲利克斯的心情顿时愉悦起来。乔治的脸都绿了,不安地盯着菲利克斯,浑身的慌张甚至没能化为他拿手的阴阳怪气。

"哎哟,雷恩。"乔治说,"要不我还是——"

但菲利克斯一脸纯真地朝他笑了笑,短暂的恼怒已经消解。他用完美的操作让计谋得逞,于是像孩子一样高兴起来,说:

"啊，那没什么的。不用太紧张。等我们进入主河段，开始迎风而行的时候，这样的情况多着呢。"

"要真这样，那我不如下船走路了。"乔治勉强地笑了一下。菲利克斯是故意的，乔治心想，是想吓唬我，我不能表现出任何想放弃的意思。管他怎样，还没到放弃的时候，妈的，谁敢说我想放弃？"不用太紧张"？哼！

又过了几分钟，他们来到了船闸前。右岸是船闸管理员的房子，他的花园里种满了植物，各种鲜花多得要溢出来——大丽花、玫瑰、蜀葵、红麻——花团锦簇，在和煦的风中摇曳，像一支身穿多彩制服的大军。船闸管理员慢慢踱步出来，抽着他的短柄陶制烟斗，向后斜着上身，将手伸向了控制船闸的木桩。

"早上好啊，拉特利先生。可不常见到您搭船啊。今天天气不错，挺适合航船。"

他们将小船驶进船闸。闸门开启，河水低吼着流动，船一点点降低，直到桅杆顶只高出船闸一英尺。他们被暂时监禁在了绿油油、滑溜溜的墙体之间。菲利克斯·雷恩努力抑制着心里不断积累的烦躁。在彼方，过了那扇木门后半英里远的地方，就是最后一程。他急于到达那里，想赶紧把整件事办完，想验证自己的推算是否正确。理论上是不会失败的，但实际会怎样呢？比方说，要是乔治其实会游泳该怎么办？河水哗哗地从闸门泄出，像一群冲出大门的野牛，但在菲利克斯眼里，这速度简直慢得像不疾不徐的滴水，像沙漏里匀速落下的沙流。现在，要等到船闸内的水位与外面的河面平齐。而乔治还在向船闸管理员喋喋不休地抱怨些废话，这更让菲利克斯心中恼怒。乔治的行为就像是想延迟自己的死期。

菲利克斯心想，天哪——还要多久啊？照这速度，一整天都得耗在这儿了。在到达目标地点之前，风力可能都降下来了。他偷偷抬头看了看天空，云团仍在他们头顶行军，从一边的地平线出发，向着天空的另一端前行。菲利克斯发觉自己正仔细地观察着乔治：观察他手背上乌黑的汗毛，前臂上的痣，还有把烟举到嘴边时右臂倾斜的角度。这一刻，在心理上，乔治对菲利克斯来说跟一具尸体无异，而且只要妥善完成几个步骤就能让他真的变成尸体。强烈的兴奋甚至超越了对乔治的仇恨，菲利克斯心里一时无法容纳其他情绪，巨大的兴奋感占据了他的全部心神。情绪像失控的旋涡一般疯狂飞转，中心却是不可名状的平静，一股深沉的暗流。

流水的咆哮在谈笑声中渐渐平息。大门终于打开，露出了河面与天空的景色。

小船驶离前，船闸管理员喊道："你们会在那边的拐弯处附近遇上一阵不错的微风。"

乔治·拉特利大声回应："我们来的路上见识过很厉害的风了！雷恩先生尽了全力带我脱离危险！"

"雷恩先生非常厉害，先生。控船控得特别漂亮。您跟他一起会很安全的。"

"很好，这我就放心了。"乔治漫不经心地瞥了菲利克斯一眼。

小船懒懒地滑行，水流像牛奶一样柔和顺滑。难以想象它遇上狂风的鞭打时会变成狂躁、暴怒又难以控制的烈马。幸好在目前的河段，它还被右舷方向高高的堤岸掩护着。乔治又想点一根烟，第一根火柴熄灭时，他咒骂了一句。

他说："还挺慢的，这玩意儿，对吧？"

菲利克斯懒得回答。连乔治都觉得太慢了吗？紧张和兴奋再度生起，像刮风天飘扬的旗帜。之前，河岸上的柳树枝条在风中不住摇摆，而这里的柳条只是轻轻拂过他的额头。他想起了苔莎，还有马蒂，突然不再忧心那未卜的前途。柳树摇曳着灰金色的柳叶，这使他想起了莲娜，但她似乎已经离这艘载着两个男人驶向危机的小船很远很远，而她在这个故事中所扮演的角色已然谢幕。

现在，他们正驶近河流的弯道。乔治不时地扫一眼他的同伴，似乎想说话。但菲利克斯坚定的专注力中有某种无法形容的东西，甚至能穿透乔治的愚钝，让他不敢开口。菲利克斯在驾驶这艘船时，身上会散发出一种奇怪的、非比寻常的权威气质。乔治在隐隐约约的怒气中意识到了这一点，但他心里的矛盾很快就被西南风带来的压力吹散了。他们转过弯道，进入一段半英里长的笔直河道。面前的河水显得深邃黑暗，情况复杂多变。河面上时常有猫掌风①踏过，经常还被更为猛烈的阵风挠出深深的沟壑。风顺着这段河道涌来，与水流针锋相对，不停掀起浪花拍打着小船的船头。菲利克斯坐到了船舷上，双脚蹬着对面舷侧座板的边缘，使小船右舷抢风航行。小船本就容易侧翻，现在更是像野马一样胡乱地踢打跳跃。菲利克斯奋力用主帆和舵柄控制着它，让船头始终直指风的来向。他频繁看向身后，测算着每一阵风的风力和风向。在不用与风搏斗的间歇，他讽刺地想，要是在他苦苦等待的时刻来临之前，这些狂风就先将他们掀进水里，那岂不是太遗憾了。他竟然在全力以赴地保护乔治，这个他坚持不懈地追捕了这么久的人。

---

①在平静天气中吹皱水面的微风。

菲利克斯将船舵收了起来,船头挣扎着扎进风里。他放开了右舷的三角帆,风使劲地将船扯来扯去,就像一只顽皮的狗在撕扯一块厚重的破布。风呼呼地响着,用看不见的手挥舞着。船尾有点打滑,把浪花拍到六英尺远的河岸上。终于,它缓缓向左行驶,脱离困境,一阵新来的风又把它拽向侧面,但菲利克斯早已拉下风满舵,迫使船再次迎风前进。小船随即挺立起来,主帆疲倦地摇了摇,进入了新的路线。乔治死命地把身子斜向上风向,惊慌地看着河水从近在咫尺的地方涌过。有一侧的水位已与船舷齐平,似乎随时会漫进来。乔治紧咬牙关,决心不能把恐惧表露给对面这个留着大胡子的男人。菲利克斯正边吹口哨边与风搏斗,他是掌控这次划船出游的人,但乔治随时都可以像折断树枝一样折断他的喉咙。

其实,菲利克斯正把大量精力放在控制这条狂野的船上,几乎无心顾及乔治。他能感觉到自己正压制着那个卑劣、自负的恶人,享受着对方无法掩饰的恐惧。但这只是他与风浪交手中产生的一个偶然的、无关紧要的插曲。他分神记下各种景色:河岸上远处的黑白色旅馆;旅馆前,船台旁那艘破旧、废弃的驳船;神情恍惚的渔夫对着浮漂发呆,小船在蜿蜒的河道中漂摇,漂向对岸,他们似乎毫不关心。菲利克斯心想,他其实现在就可以淹死乔治,这些渔夫根本连头都不会抬一下。

突然,一阵刺耳的声音传来。菲利克斯回头看去,发现两艘机动驳船并排驶来,正转过弯道,每艘身后都还拖着几艘驳船。他仔细地目测着距离。那两艘船在身后几百码处,从现在算起,到第三次迎风行驶时,菲利克斯他们就会被追上。当它们经过时,他可以选择在岸边与较近的一排驳船迎风行驶,但要是这样做,风有被大船的船体暂时阻挡的危险,要是没有把握好这一次,他们就只能任凭下一次狂风摆布,船队带起的水流也可能有把他们的船推出航道,更别提还有粗重紧绷的缆绳。另一种选择是,在风来之前调头从船队身边驶到后方,等它们全部经过之后再调转回来。乔治打断了他的思索,清了清嗓子说:"我们现在该怎么办?它们离得很近了,对吧?"

"哦,会有大把空间的。"菲利克斯调皮地补充道,"机动船是必须给帆船让道的。"

"让道?哈!我可看不出他们像是要让道的样子。该死,他们觉得整条河都是他们的吗——还敢两队并排着驶过来?真是气人。我要记下它们的编号,向船主投诉。"

乔治显然快要崩溃了。当然,体型庞大的机动驳船气势汹汹地开过来,船头推起胡须般的水沫,这景象确实很可怕。菲利克斯冷静地又进行了一次迎风行驶,开始在驳船前方七十码处横渡河流。乔治抹着脸,偷摸走近菲利克斯,瞪圆了眼睛看着他,显得瞳孔很小。他突然大声嚷嚷:"你打算怎么办?给我小心点啊,我可告诉你!你不能——"

可无论他本想说什么,都被驳船响亮的汽笛声打断了。汽笛声回应着乔治不断攀升的歇斯底里。看着乔治滑稽可笑的脸,菲利克斯突然意识到,现在正是上演突发事故的最佳时机。不管乔治如何否认,他的恐惧就是机会来临的信号。但菲利克斯最终还是决定不要临时改变计划,原计划才是最好的——有双重保险。还是让他按着原剧本走,不要冒险进行即兴创作。不过,他可以再吓唬乔治一次,没有坏处。

驳船现在离他们只有二十码了。涌动的水将他们的小船挤向岸边。菲利克斯没有多少操作余地。他调整方向,使之跟最近的驳船航向趋同。他隐约感觉乔治正抓着他的腿,在他耳边喊道:"你个该死的白痴,要是我们撞到驳船上,我绝对会抓着你死不松手的。"菲利克斯转舵向上风,松开主缭绳,船转了向,横杆甩到了左舷。只见那艘驳船的船尾像巨大的米诺陶一样从他们面前压过,距离小船只有十英尺。当他们乘着顺风从驳船边经过时,乔治控制不住怒火,摇摇晃晃地站了起来,挥着拳头,对着甲板室里冷漠的船员大喊大叫。坐在船尾的一个年轻人毫不在意地看着乔治做出的不雅手势。然后,驳船制造的波浪涌向了小船,乔治失去平衡,摔倒在船舱底板上。

"如果我是你,我不会再冒险站起来。"菲利克斯·雷恩温和地说,"下次你再摔倒,可能就不是摔在船里了。"

"他妈的!全是该死的瞎子!我——"

"好了,振作点。我们不会有危险。"菲利克斯继续说,"前几天我和菲尔来的时候也遇上了一样的情况,他就没有失魂落魄的。"

船队陆续驶过。跟在后面的是一艘很长的、低矮的铁船,甲板上写着"易燃物品"。显然,菲利克斯就很想"点燃"他的同伴。他再次驾着小船驶进风里,左舷迎风航行,在驳船的尾流上颠簸,然后他冷冷地说:"我真是没见过哪个成年人这么出丑的。"

一定是很久没有人敢这样跟乔治讲话了,他怔住了,难以置信地盯着菲利克斯,仿佛自己的耳朵听错了。乔治凶狠地瞪着菲利克斯,但不一会儿,他仿佛又想到了别的什么,转过身去,耸耸肩,神秘狡猾地一笑。现在反而是菲利克斯·雷恩越来越紧张了。他摆弄着手边的设备,不时瞥一眼同伴,而乔治则挪动着硕大的身躯,在船上两头晃,还吹起口哨,甚至跟菲利克斯开起了玩笑。

"我现在开始觉得挺享受的。"他说。

"不错,想来掌舵试试吗?"菲利克斯的声音干涩又紧绷,接近喘息。这个问题的答复会涉及很严重的后果,但乔治似乎没觉得不对劲。

"你觉得可以就行。"他漫不经心地回答道。

菲利克斯的脸蒙上了一层阴影,很难说他现在的表情是惊愕还是嘲讽。他再次开口说话时,声音细若蚊蝇,但挑衅的意味昭然若揭。

"那就交给你了。我们再往前走一点,然后就调头,到时候就全靠你掌舵啦。"

拖延,他心想,意志薄弱之时,务必将这危急关头拖延下去,这定是你最后的机会,如果现在所做之事就能够终结一切,那就尽快去做吧[1],但那不一样,是极艰险的困境。那边那位渔夫不知是拿什么作饵呢?现在他的鱼竿也上好饵料了,为乔治·拉特利精心准备的饵料。

此刻,他们的处境颠倒了。菲利克斯处于可悲的紧张中。他不再躁动不安,但全身都因痛苦而绷紧僵硬。乔治则又恢复了爱说笑的状态,他自信、高傲、霸道的态度全回来了。或者说,如果这场怪异的航行中有一名观众,就像那些无所不在、无所不知地监视着托马斯·哈代的批评家,那在他眼中乔治应该是恢复了原样。菲利克斯看见了他此前标记好要开始行动的地点——右岸的一丛榆树——此时已在船尾的位置。他咬紧牙关,一边不自觉地留意着风向,一边控制着小船转了一个大弯,调转了船头。河面的旋涡似乎在嘲讽地对他咯咯笑。他不敢看

---

[1] 引自威廉·莎士比亚的《麦克白》。

乔治的双眼。

菲利克斯有些上气不接下气地说:"来吧,你来掌舵。把主缭绳保持在外,像现在这样。我会去前面收起中央板——这样船能行驶得更快,受水的阻力更小。"

他正说着,突然产生了一个奇怪的念头:风力降了下来,万物变得静默,只为了听他说出残忍的话语,等待那命运的结果。大自然似乎屏住了呼吸,而在这寂静中,他的声音听起来就像从沙漠中的瞭望塔顶上发出的一声响亮质询。然后他意识到,这强烈的静默不是出于水和风的变化,而是因为有一团寒雾般的气息从乔治身上散发出来。中央板,菲利克斯心想,我刚才说我要去收起中央板的。但他仍坐在艉板上,好似被乔治的双眼钉死在原地——这目光简直要把他钻穿。他迫使自己抬头迎向乔治的目光。乔治的身躯仿佛在膨胀,如同噩梦中的怪物。当然了,实际上只是因为乔治静静地往船尾走了过来。他在菲利克斯身旁坐下,眼里透出一种狡猾的、赤裸的喜悦。他舔了舔自己恶心的嘴唇,故作甜蜜地说:"好了,小矮子。挪一挪,让我抓着舵柄吧。"他的声音突然降低到耳语般轻微,"但我可不准备尝试你一直在策划的那些可笑把戏。"

"把戏?"菲利克斯迟钝地说,"你在说什么?"

乔治在一阵直灌双耳的狂风中提高了音量:"你他妈的当然知道我在说什么,下贱的凶手、卑鄙小人!"他怒吼,然后又平静下来,说:"我刚才已经把你那本宝贝日记寄给我的律师了,这就是我午饭后让你先去准备船时要做的那件小事!我吩咐了他们,要是我死了,就打开它并采取必要行动。所以如果你打算在这次航行中淹死我,事情绝对会对你更加不利,不是吗?"

菲利克斯·雷恩没有回头。他使劲咽了一口气,努力张开嘴却说不出话，抓住舵柄的手指关节煞白。

"说不出谎了，对吧？"乔治继续攻击，"还有你的爪子。我看啊，我已经成功拔除了小猫——你——的利爪，对吧？你他妈的以为自己高人一等啊？以为自己比别人都聪明是吧。哼，你倒是不巧聪明过头了。"

"你非要这么夸张吗？"菲利克斯嚅嗫着。

"你要是敢胡来，小子，我马上打烂你的下巴。我可真的太想揍你了。"乔治威胁道。

"然后你自己驾船回家吗？"

乔治气鼓鼓地盯着他，然后咧开嘴笑了："可以，这主意不错。那我就自己把船开回去。就算我现在不打，等回到陆地上也有大把机会打碎你的下巴，是吧？"

他把菲利克斯推开，拿过了舵柄。小船在下风处加速起来，河的两岸飞快地后移。菲利克斯好像已经完全失神，只是手仍抓着主缭绳，机械地看着帆的后缘危险地升起，这意味着航线即将改变。

"唉，你是不是该快点开始行动啊？我们离船闸只有半程了哦。还是说你不敢下决心淹死我了？"

菲利克斯抬起一边肩膀，做了一个小动作以示自己投降、接受失败。

乔治讥讽道："不干了？我看也是。没胆了是不是？想保住自己的烂脖子吧？我就知道你现在没胆量完成计划和承担后果。我全指望着这个了。我可真是个大心理学家，对不对？行，要是你不说，那就我说。"

他得意扬扬地开始解释各种事情，包括那天午饭时，菲利克斯说的话如何让他对那本写作中的"侦探小说"产生了兴趣。

于是某天下午，乔治趁菲利克斯外出时潜入了他住的客房，找到了藏匿起来的日记，通读了一遍。他说，在此之前，他已经对菲利克斯有隐约的疑心，而日记的出现证明了他的猜测是对的。

"那么现在，"他总结道，"你可是进退两难了。从现在起，你给我好好服从命令，小猫。你每走一步都得思前想后了。"

"你什么都做不到。"菲利克斯面色阴沉地说。

"哦，真的吗？我是不清楚具体的法律条文，但你的日记足够让你被判谋杀未遂之类的罪了吧。"

每当要说"日记"时，乔治都会停顿一下，然后狠狠地甩出这个词，好像这是卡在他喉咙里的痰一样。显然，他并不喜欢日记中对他性格的评析。菲利克斯看似愚钝的沉默似乎激怒了他。他又开始咒骂菲利克斯，不像之前那样凶狠暴怒，而是用唠唠叨叨、满心不快和怀疑的语气，就像在抱怨邻居的收音机吵得他晚上睡不着觉。

当乔治又准备自以为正义地发火时，菲利克斯打断了他："那你打算怎么办？"

"我可想把你的日记交给警察了，这是我应该做的。但当然，这会让莲娜和——呃——大家都不好过。我决定把日记卖回给你，反正你很有钱，不是吗？你开个价？当然必须得是高价。"

"别傻了。"菲利克斯出乎意料地说。乔治猛地抬起头来，难以置信地看着这个小个子男人。

"什——你说什么？你他妈的什么意——"

"我说别傻了。你自己心里清楚，你根本不敢把我的日记交给警察。"

乔治戒备、算计地看着他。菲利克斯则重重地坐到船尾，手臂僵硬地搭到坐板上，认真地看着主帆。乔治顺着他的视线看去，一瞬间他还以为从那翻卷、鼓起的帆布上会冒出什么惊喜。

菲利克斯拾起话头："因为你也不希望警察以过失杀人罪将你逮捕吧？"

乔治眨了眨眼。他沉重的脸色因气恼而又添了一抹血红。不可思议，他因为能战胜这个危险的小对手而沾沾自喜，因威胁他生命的危机已经度过而感到放松愉悦，甚至已经在计划着用勒索到的钱能做多少事，却一时间完全没想起来日记的内容——正是菲利克斯所掌握的致命证据。他的手指抽搐起来，他很想掐住菲利克斯的脖子，把手指戳进他的眼窝，拼命地挠他，彻底打垮这个卑劣的小骗子，因为他竟能从绝境下成功脱身，还反将一军。

"你什么也证明不了。"他急躁地说。

菲利克斯冷淡地说："你杀了马蒂，杀了我的儿子。我不会从你手上赎回日记的。敲诈勒索可不该纵容啊。如果你想，就尽管把它交给警方吧。你知道吧，过失杀人可是要判很久的，你别想蒙混过关。即使你侥幸糊弄过去了，莲娜也很快就会交代。所以，这是僵局，我的朋友。"

乔治太阳穴处的血管突突地跳着，他扬起紧握的拳头。菲利克斯快速说道："我不会胡来的，不然可能真会出事。你也克制一点吧，没有坏处。"

乔治·拉特利突然忍不住大声咒骂起来，把河边的一个渔夫吓了一跳。这家伙是被黄蜂蜇了吧，渔夫心想，黄蜂闹得凶啊，今年。听他们说，郡划船队里的一个队员前几天在比赛时被蜇伤了。但他好像不怎么担心。不知道驾着艘小帆船在河里走个来回的乐趣在哪儿——要是我就开艘舒适的汽艇,还得带一箱啤酒。

"滚出我家,再也不许出现!"乔治大叫,"今天之后再让我见到你,你个侏儒,我就把你打成一摊果冻,我——"

"那我的行李呢?"菲利克斯温顺地说,"我总得去收拾行李吧。"

"我严禁你跨过我家的门槛,听到没?我让莲娜帮你收拾。"乔治脸上现出一丝狡猾的表情,"啊,莲娜。要是她听说你是为了报复我才故意接近她,会怎么想呢?"

"别牵扯到她。"菲利克斯暗自苦笑。乔治的浮夸举止让他心烦。他觉得筋疲力尽,似乎浑身伤痛。谢天谢地,马上就到船闸了,让乔治在那里上岸就行。船抵达弯道时,他放下舵柄,拉紧主帆。横杆摆到了右舷。船急转了一下,船身猛地一沉。他猛推舵柄调节,使船恢复安全航线。现在,菲利克斯只是机械地在驾驶这艘船,世界变得如梦般虚幻。往船头左边看去,又能看见船闸管理员花园里怒放的鲜花了。他顿感深深的抑郁和孤单。莲娜。他不敢想未来的事,未来再也不在他的掌握之中了。

"啊,没错。"乔治说,"我要让莲娜知道你是多么狡诈的混蛋,这样你俩就一刀两断了。"

"别这么快告诉她。"菲利克斯疲倦地说,"不然她可能就不肯帮我收拾行李了。那样就只能你帮我收拾了,这岂不可怕?逃出生天的受害者帮他的凶手收拾行李?"

"你怎么还能拿这事说笑?你是不是没有意识到——"

"行了行了,我们两个都聪明过头了。就这样算了吧。你害死了马蒂,我却没能杀了你,所以就当是你赢了吧。"

"哦,看在上帝的份上,给我闭嘴吧你这冷血的怪胎!我再也受不了你的臭脸了,赶紧让我下了这该死的船。"

"行了,到船闸了,你在这里下船就行。让我一下,我得把主帆降下来。你可以把我的东西送到鞍匠装备旅馆。对了,你需要我在你的访客登记本上签名吗?"

乔治张开嘴,想让重新堆叠起的怒气一泻而出,但菲利克斯及时指着走近的船闸管理员,说:"乔治,还是别在外人面前发火吧。"

"玩得愉快吗,先生们?"船闸管理员问,"哦,您在这里就下吗,拉特利先生?"

但乔治·拉特利早就从船里爬了出来,从管理员身边冲过,一句话也不说,快步离开了。他坦克一样庞大的身体在花丛中时隐时现。怒火遮掩了他的视线,他不管不顾地踏着植物走去,大量红麻花碎在他脚下。

管理员张着嘴愣愣地看着他,嘴里的陶烟斗掉了下来,摔碎在地上。"哎!我说,先生!"他终于委屈、慌张地喊道,"注意我的花啊,先生!"

但乔治并不理会。菲利克斯看着他在美得惊人的花园中踏出一条直线,宽厚的背影渐隐于去往镇上的方向。这是他最后一次见到乔治·拉特利。

第三部分　死亡的身躯

1

一间公寓里,奈杰尔·斯特兰奇韦斯坐在一把扶手椅上。两年前他和乔治娅结婚后住进了这处公寓。窗外是一座建于十七世纪的广场,设计庄严肃穆、一丝不苟。它是为数不多还保持着本来面貌的广场,既没有被多余的奢侈品商店霸占,也没有被百万富翁们买来窝藏情妇的公寓楼所侵略。奈杰尔膝上放着一个朱红色的大坐垫,垫子上有一本打开的大书。他身旁放着一座极其精致复杂且昂贵的阅读台,是他上次生日时乔治娅送的礼物。乔治娅去逛公园了,所以他才趁机摆脱阅读台,回归了用坐垫当书桌阅读的老习惯。

但不一会儿,他就把书和坐垫都打翻到了地上。他太累了,读不进去。他刚经手了海军上将的蝴蝶标本收藏这件奇异的案子[1],并得出了成功却又相当令人尴尬的结论。这让他精力耗尽,心情也很压抑。他打了个呵欠,站了起来,在房里随意踱步。经过壁炉时,他冲乔治娅从非洲带回来、放在壁炉架上的木神像做了个鬼脸,然后去书桌上拿了几张书写纸和一支铅笔,重新又摔进了扶手椅里。

---

[1] 出自本书作者的另一本书 *There's Trouble Brewing*。

二十分钟后,乔治娅回来了,发现奈杰尔正在聚精会神地写东西。

"写什么呢?"她问。

"在编写一份常识问卷呢,你先别跟我说话啊。"

"那你是想我安静地坐着,等到你写完,还是想我过来在你背后探头探脑,在你肩膀边呼吸?"

"我选择前者。我正在跟我的潜意识促膝长谈,这能让我心情放松。"

"介意我抽烟吗?"

"不介意,你就当是在自己家吧!"

过了五分钟,奈杰尔递给乔治娅一页纸。

"我想看看这些问题里你能答出多少。"他说。

乔治娅接过那张纸,大声读着上面的内容。

1. 多少花言巧语才没有作用?
2. 谁或什么东西是"狮子的保姆和乳母"?
3. 九伟人为何是九伟人[1]?
4. 你对邦格斯坦先生有多少了解?
    对玻里斯提尼斯的拜恩[2]又有哪些了解?
5. 你是否曾就芦苇的穗爆开一事向媒体写过信?为什么?
6. 西尔维娅是谁?

---

[1] 九伟人,是欧洲中世纪文化中被认为彰显骑士精神的九位历史人物、《圣经》和传说人物的统称,包括三名异教徒英雄:赫克托耳、亚历山大大帝和尤里乌斯·恺撒;三名犹太人英雄:约书亚、大卫王和犹大·马加比;三名基督教英雄:亚瑟王、查理曼和布永的戈弗雷。
[2] 希腊哲学家、作家和传道士,其著作大多逸散。

7. 要及时缝多少针，才能省下十针[1]？
8. 爱因斯坦张量的过去完成时第三人称复数是什么？
9. 尤利乌斯·恺撒的中间名是什么？
10. 吃鱼丸时不能搭配什么？
11. 写出最早在热气球里用老式喇叭口猎枪决斗的两人的名字[2]。

　　写出以下人物没有在热气球里用老式喇叭口猎枪决斗的原因：利德尔和斯科特；索多暨马恩（直译为"索多和马恩"）；老加图和小加图；你和我[3]。

13. 请说明农业部长和渔业部长的区别。
14. 一只九尾猫有几条命[4]？
15. 老同志们在何方？请画一张粗略的草图来回答。
16. 老友该被遗忘吗[5]？
17. "诗由我等愚者所作。"如果你愿意，请反驳这句话[6]。
18. 你相信仙女的存在吗[7]？
19. 哪些著名运动员发表过以下言论？

---

[1] 原文为"How many stitches in time save ten?"，其中"A stitch in time saves nine"是谚语"小洞不补，大洞吃苦"，直译为"及时缝一针，可省下九针"。
[2] 一八〇八年，法国人格朗普雷和勒匹克同时爱上了提里维特女士，便决定各自搭乘一个热气球升到空中进行决斗。最终，格朗普雷击中了勒匹克的热气球，使之坠毁，赢得了决斗的胜利。
[3] 利德尔和斯科特（Liddell 与 Scott）指代《希腊语－英语英词典》，作者为亨利·乔治·利德尔（Henry George Liddell）和罗伯特·斯科特（Robert Scott）；Sodor and Man 是指英国的索多暨马恩教区；老加图（Cato the Elder），全名马尔库斯·波尔基乌斯·加图（234B.C~149B.C），是古罗马军人、政治家、演说家和作家，小加图是其曾孙。
[4] Cat o'nine tails 为九尾鞭，亦称九尾猫，一种多股的软鞭，被英国陆军和英国皇家海军用作刑具。
[5] 出自经典歌曲《友谊地久天长》。
[6] 出自诗人乔伊斯·基尔默（Joyce Kilmer）的诗歌《树》的倒数第二句，最后一句为"但只有上帝可创造一棵树"。
[7] 出自小说《彼得潘》第十三章的标题。

(a)"我要再一次把那个花花公子剁成碎块。"

(b)"看我这个伟大的艺术家是如何死的!"①

(c)"到花园里来,莫德。"②

(d)"我这一辈子都没受到过这等侮辱。"

(e)"我的双唇密不透风,绝不泄密。"

20. 请说明速特精③和穿靴子的猫的区别。

21. 你更愿意接受宇宙疗法还是废除教会?

22.《波顿》④被翻译成过多少种语言?

乔治娅从书写纸上方露出眼睛,对着奈杰尔皱了皱鼻子。

"看来,接受过传统教育一定是件可怕的事吧。"她幽怨地说。

"的确。"

"你该好好休次假了,对不对?"

"确实。"

"我们可以去西藏玩几个月。"

"我倒更想去霍夫。我不喜欢牦牛奶,不喜欢出国,更不喜欢美洲驼(llamas)。"

"你为什么会不喜欢喇嘛(lamas),你明明一个喇嘛都没见过。"

---

①原文为拉丁语:Qualis artifex pereo,是尼禄的遗言。
②出自英国桂冠诗人丁尼生的独白诗剧《莫德》。
③欧洲传说中的幻想生物,形似老鼠,长有钩状鼻子、闪着火光的眼睛、又长又圆的脖子以及又尖又短的尾巴,行动极其敏捷。据传说,若年轻怀孕女子用炉子取暖,在热量和烟灰等影响下,便有可能在诞下孩子的同时诞下此生物。该传说发生的原因可能是年轻孕妇以炉子取暖的习惯广为流传,相对应的,对此种习惯的反对声也很盛行。
④疑为兰波的诗,出自《彩图集》。据查手稿,标题原为"变形",后划去改作"波顿"。波顿是莎士比亚《仲夏夜之梦》中的人物,他因受魔法变形成为驴。这首诗写了三次变形。

"要是我见到了,应该会更讨厌它吧。它们浑身都是寄生虫,用它们的皮毛做的衣服还是同性恋最喜欢穿的。"

"哦,你是在说美洲驼吧,但我说的是喇嘛。"

"我说的也是啊,美洲驼。"

电话铃响了,乔治娅过去接了起来。奈杰尔一直看着她。她的身体和动作像猫一般敏捷、轻盈,奈杰尔十分喜欢,百看不厌。你只要和她身处同一空间,就会受到感染,觉得焕然一新。她的小脸总是透着哀伤和忧郁,与之形成奇异反差的是,她身上却散发着野性而优雅的气质,还很爱穿鲜艳耀眼的红、黄、绿色的衣服。

"我是乔治娅·斯特兰奇韦斯……哦,是迈克尔呀,你好!牛津怎么样?……对,他在……有工作要找他?不行啊,迈克尔,他不能……不是,他太累了,刚办完一件非常棘手的案子……不,真的,他的思维已经有点出问题了。他刚才出题让我区分速特精和穿靴子的猫,还……对,我当然知道这个传说极不靠谱……我们打算找个地方度假,所以……这问题生死攸关?我亲爱的迈克尔,你的措辞可真独特。好,好吧,我叫他过来跟你说。"

乔治娅不情愿地递出了听筒。奈杰尔接过后跟对方又谈了很久。通话结束后,他把乔治娅抱了起来,在半空中温柔地摇。

随后,他将乔治娅轻轻放在了椅子上。乔治娅说:"我猜,你做出这样兴高采烈的行为,就说明又有谁谋杀了别人,而你又忍不住要把鼻子凑过去探究一番了是吧?"

"是的,"奈杰尔热切地说,"确实是一起离奇的栽赃案。迈克尔的一个朋友——弗兰克·凯恩斯,就是那位侦探小说作家菲利克斯·雷恩。他想杀掉一个家伙,但失败了。可现在那家伙真的被杀了——被士的宁毒死了。凯恩斯想让我去证明他是清白的。"

"我一个字也不信,这就是个骗局。这样吧,如果你真的想去霍夫玩,我就和你一起去。你现在的状态可不能再接一份工作啊。"

"不去不行。迈克尔说了,凯恩斯是个正派的人,而现在陷入了非常困难的境地。再说了,去格罗斯特郡转换一下心情也不错嘛。"

"但他曾计划谋杀啊,那还会是什么正派的人?随他去吧,别管了。"

"唉,可他这样做也情有可原。被杀的人之前开车时撞死了凯恩斯的孩子。警方抓不到他,所以凯恩斯才自己追查到他,然后——"

"这也太魔幻了。这样的事怎么可能发生?凯恩斯一定是疯了。如果那个人真是被别的人杀的,他为什么还要把这些事交代出来?"

"迈克尔说,凯恩斯写了本日记。之后在火车上我再跟你细说。去塞文布里奇的火车。火车时刻表在哪儿?"

乔治娅咬着下唇,用幽怨的眼神看了奈杰尔好一会儿。然后她转过身去,拉开书桌上的一个抽屉,拿出时刻表查阅起来。

2

与身材矮小、留着胡子的弗兰克·凯恩斯在"鞍匠装备"的休息室碰面时,奈杰尔对他的第一感觉是虽然深陷麻烦,但此人表现得相当镇静。凯恩斯简单地与他们握了握手,匆匆扫了他们一眼,看似不以为然地微笑一下,抬了抬眉以表歉意,仿佛在说:大费周章地找你们过来参与一件无关紧要的事,真是对不住。

他们寒暄了几句。

"你们能过来真是太好了,"菲利克斯马上开口说,"情况真的——"

"这样吧,我们不如等到晚饭后再详细谈谈。我妻子真的被出行累坏了,我想先带她上楼去休息。"

乔治娅曾穿越沙漠和丛林,那强韧的身躯克服过无数艰难的旅途,她是当下最有名的三位女探险家之一,但在听到丈夫这一弥天大谎后却连眼皮都没抖一下。直到两人单独回到卧室后,她才笑着转向他说:"所以,我可'累坏'了是吗?出自一位体力和精神都处于崩溃边缘的绅士之口,真行啊。说吧,你为什么如此关心我这个脆弱的小妇人?"

奈杰尔温柔地捧着妻子的脸,在头顶蕾丝网纱的映衬下,她的脸显得更加美丽动人。他轻轻捏了捏她的耳朵,又吻了吻她。

"不能让凯恩斯觉得你是根硬骨头。你要表现得更像寻常女性,我亲爱的,一个善良、温柔、顺从,让他愿意倾诉的形象。"

"原来伟大的斯特兰奇韦斯已经正式开始工作了呀!"乔治娅揶揄他,"你瞧瞧你那讨厌的投机主义心态!可我真不懂,你为什么要把我扯进这件事里?"

"你目前对他有什么看法?"奈杰尔问。

"我觉得吧,深藏不露,受教育程度很高,很警觉。他好像孤独的生活过得太久,更习惯和自己对话——因为和你说话时,他的眼神总在看着远方。他品位精致,习惯保守。自以为能自给自足,脱离社会生活,但实际上对大众的看法和自己良心深处的呼唤都相当在意。当然,他现在紧张得像墨西哥跳豆,我也不好说。"

"你觉得他紧张吗?我反而觉得他相当沉着自制。"

"哦,我亲爱的,不对,不对,不对,他是被自己扼住了脖子摁在地上。你没注意观察他在谈话间隙的眼神和高度集中的注意力吗?看得出,他心里的慌乱都快溢出来了。我在某个小伙子脸上见过这副惊慌的模样——那晚我们在月亮山脉的山脚,因为逛得离扎营地太远,还在矮树林里迷路了一个多小时。"

"要是罗伯特·杨[①]留起一把大胡子,应该会很像现在的凯恩斯吧。不管怎么说,我还是希望他没有犯下这桩案子。他看着就像只讨喜的花栗鼠。你确定不想趁晚饭前躺一会儿?"

---

① 演员,曾出演希区柯克的《秘密间谍》中的间谍。

"不用，讨厌。还有，这次你的案子我不想参与。我清楚你的做事方法，可我不喜欢。"

"那我以五比三的赔率跟你打赌，你在两天内就会对此事入迷：你的内心就是有那种感性——"

"赌就赌，愿赌服输。"

晚饭后，奈杰尔如约去了菲利克斯的房间拜访他。菲利克斯在给来者倒咖啡和递烟的时候仔细观察了一下。这是一位三十出头、瘦瘦高高的年轻人，衣服皱巴巴的，头发蓬乱，像在火车站候车室的座椅上睡了一晚后刚醒来、没有精神的样子。他面色苍白，皮肤稍显松弛，五官带着一丝稚气，但一双浅蓝色的眼睛却透着与相貌不符的智慧。这双眼睛紧紧地盯着菲利克斯，让他有些不安。这双眼仿佛能看透阳光下的一切。奈杰尔·斯特兰奇韦斯的态度也让人在意——礼貌，殷切，保护欲强，甚至接近邪恶。菲利克斯心想，这可能就是科学家对待实验对象的态度吧，极感兴趣、满心热切，但除此之外更多的是不带感情的客观。奈杰尔属于很罕见的那类人，他不会因为证明自己犯了错而感到丝毫的迟疑和懊悔。

菲利克斯惊觉，自己怎么突然变得这么擅长观察了？肯定是因为身处危险之中，所以感官变得极度敏锐。

他勉强地微笑着说："谁能救我脱离这死亡的躯体呢？[①]"

"是圣保罗，如果我没记错的话。你最好先把事情全跟我说一遍。"

于是菲利克斯按照自己写日记时的思路，把事情的重点都讲了出来：马蒂的意外死亡，自己的复仇欲望日益增长。一些

[①] 出自《圣经·罗马书》第七章第二十四节。

推理加上一些幸运的巧合,把他带到了乔治·拉特利面前。他想把乔治淹死在河里,但在他将要成功的最后关头,局势突然逆转。奈杰尔本来一直静静地坐着,一边盯着自己的鞋头一边听他讲述,这时却突然打断了他。

"他为什么要等到最后关头,才把查清了你底细的事说出来呢?"

"我真的说不准。"菲利克斯想了一下才开始回答,"我敢说,一部分大概是出于猫捉老鼠的乐趣吧。他明显是那种喜欢施虐的人。另外,也许他是想等到确定我会动手——我是说,他绝不想摊牌,因为他当然知道,摊牌会让他面临过失杀死马蒂的指控。事实上,在船上的时候他还想勒索我——想让我出高价赎回我的日记。当我指出他绝对不敢把日记交给警察时,他似乎相当震惊。"

"唔,然后呢?"

"我直接回这里了,回到这家旅店。乔治本来说会把我的行李送过来。可以想见,他绝不允许我再在他家待下去了。对了,这都是昨天的事情。大约十点半,莲娜打电话来跟我说乔治去世了。你大概也能想象到这让我有多震惊。他是在晚饭后突发急病,莲娜描述了一下他的症状,我觉得肯定是士的宁。我急忙去了拉特利家,医生当时还没离开,我的猜想得到了证实,但我撞到了枪口上。乔治的律师掌握着我的日记,一旦他死了,日记的内容就会被公开,我计划谋杀乔治的事将会为警方所知。现在乔治真的被杀了,警察用不了几分钟就能宣布破案。"

菲利克斯浑身僵硬,双眼因焦虑而直勾勾地瞪着,这使他语调中那平稳、接近漠不关心的情绪几乎无法被察觉。

"我差点就要投河自尽了。"他说,"我完全看不到脱罪的可能。然后，我想起迈克尔·埃文斯以前跟我聊过，你曾帮助他摆脱差不多的困境，所以我给他打了电话，请他帮我联系你。事情便发展到了现在这一步。"

"你还没跟警方说过日记的事情，是吗？"

"不，还没有，我打算到——"

"这件事必须立即做，最好由我亲口去跟他们说。"

"好，那麻烦你了。我宁愿——"

"我们必须达成一个共识。"奈杰尔带着揣摩和客观的态度直视菲利克斯的双眼，"从你跟我说的情况来看，你基本不可能是杀死乔治·拉特利的凶手，我会尽一切努力证明你的清白。但当然，万一就是你干的，而我在调查中确认了这点的话，我也不会帮你隐瞒。"

"没问题，合情合理。"菲利克斯踌躇地笑着说，"我写过这么多业余侦探故事，现在能有机会看一位真正的侦探工作，肯定会很有趣。唉，天哪，这样真不好。"他的嗓音变了，"这半年来我的脑子肯定糊涂了。我太想念马蒂了。我一直不确定自己是不是真的会下手把乔治推到河里，要是他没——"

"没关系。你没有下手——这才是重点。若事已成真，再怎么后悔也没有意义。"

奈杰尔稍显冷酷、严厉却不失友好的语气比同情更有效地拉近了他与菲利克斯的距离。

"你说得对。"菲利克斯说，"要是有谁谋杀了乔治，他根本无须感到一丝愧疚。那人完完全全就是一头讨厌的猪。"

"对了，就随便一问，"奈杰尔说，"你怎么知道他不是自杀的呢？"

菲利克斯好像懵了。"自杀？我完全没考虑过——我是说，一直以来我都是以——呃，谋杀案的角度来看待此事，完全没想过他是自杀。不对，不可能是自杀。乔治没有那么多愁善感，他非常自大——再说，他有什么理由要自杀呢？"

"那你觉得还有谁可能杀他呢？本地人里面，有谁有嫌疑吗？"

"我亲爱的斯特兰奇韦斯先生，"菲利克斯不安地说，"你可不能听我这个头号嫌疑人到处散播流言蜚语啊。"

"此情此景我们就不用在意昆斯伯里规则①了。在我这儿你不用顾及骑士精神，这件事牵扯的东西太多了。"

"这样的话，我会说，只要是跟乔治有一星半点关系的人都有可能。首先，他经常对妻子和儿子菲尔施加暴力，非常恶劣。然后他又是个老色狼，到处拈花惹草。他唯一没有欺凌也无法腐蚀的人是他的母亲，她是一个臭脾气的老泼妇。你想听我说说这些人的情况吗？"

"先不用，我想最好还是由我自己观察并做出判断。好的，我想今晚没什么可做的了。我们一起去和我妻子谈谈吧。"

"哦，对了，还有一件事。菲尔是个很好的孩子，才十二岁。如果有可能的话，一定要把他带离那个家。他天生容易紧张，发生了这样的事可能会让他崩溃的。我不想直接问维奥莱特本人，不然她很快就会得知我的真实身份。我在想你妻子能否——"

"我们应该可以安排一下，明天我会和拉特利太太谈谈这件事。"

---

①拳击比赛规则。

3

次日早上,奈杰尔来到拉特利家门前,看见一名警察正倚在大门上,一脸无可奈何地看着街对面。那里有一个停车场,一名司机正努力把车从里面开出来。尽管停车场里此时基本没有车,他却还是手忙脚乱。

"早上好,"奈杰尔说,"这是——?"

"可悲,太可悲了,你说对吗,先生?"警察突兀地说。奈杰尔花了几秒钟才反应过来,他不是在说这房子里刚发生的变故,而是在说那个司机的驾驶技术。塞文布里奇的民风的确像传闻那般直白,带着点自耕农式的憨厚。这位警察指了指停车场:"都五分钟了还没好,真的没救了。"

奈杰尔也同意,这一场景确实让人同情,然后他问警察能不能让自己进屋,因为他有事情要找拉特利太太商谈。

"拉特利太太吗?"

"是的。这里是她家,对吧?"

"啊,确实是。可怕的悲剧,不是吗,先生?他是我们镇上的名人。唉,就上周四白天,我还和他一起——"

"是的,可怕的悲剧,如你所言。这正是我需要面见拉特利太太的原因。"

"你是这家人的朋友吗?"警察问,仍斜靠在大门上拦住去路。

"也不算,但——"

"所以你是记者,猜到了。你得再忍忍了,老兄。"警察说着,换了个姿态,"布朗特探长有令,我得守着这里——"

"布朗特探长?哦,他可是我的老朋友了。"

"他们个个都这么说的,小伙子。"警察的语气还算宽容,但带着一点忧伤。

"跟他说奈杰尔·斯特兰奇韦斯——不对,把这张名片给他,我以七比一的赔率跟你打赌,他会立刻出来见我的。"

"我不是喜欢打赌的人,随便打赌可不行。要我说,这是恶棍的游戏,我也不怕别人听到我这样评价。跟你说,我有时会赌马,就下一点点小注。但我要说——"

这种消极抵抗又持续了五分钟,警察才终于同意将奈杰尔的名片交给布朗特探长。他们倒是很快就联系了苏格兰场,布朗特没多久就到了。奈杰尔边等边神游,很想赶紧再次见到布朗特。他回想起上次见到这位表情淡然、性格如钢铁般坚毅的苏格兰人的时候。那时,奈杰尔和乔治娅像珀尔修斯和安德洛墨达般相遇,而布朗特则险些扮演了邪恶海怪的角色[1]。也正是那次在查特科姆,传奇飞行员费格斯·奥布赖恩让奈杰尔遇上了职业生涯中最复杂的难题[2]。

---

[1] 均出自古希腊神话。安德洛墨达是埃塞俄比亚国王刻甫斯和王后卡西奥佩娅的女儿,因其母亲频频炫耀女儿的美貌,触怒了波塞冬的妻子安菲特里忒,于是波塞冬派出海怪刻托破坏埃塞俄比亚。国王刻甫斯为此请求神谕,得知唯一方法是献上女儿安德洛墨达,便将其绑在刻托必经之路上。宙斯之子珀尔修斯路过,得知原由,与刻托战斗并获得胜利,救下了安德洛墨达,后与安德洛墨达相识并结为夫妻。
[2] 详见 Thou Shell of Death,奈杰尔系列第二部作品。

终于来了一位没那么唠叨的警官把奈杰尔带进了屋。布朗特跟奈杰尔记忆中一模一样，他坐在一张桌子旁，像极了一位准备跟客户面谈其透支问题的银行经理。他脑袋光溜溜的，脸庞也光滑无瑕。一副金边夹鼻眼镜和一身考究的深色西装静静地彰显着主人的富有、机敏和名望。奈杰尔相当了解他，他是无情的罪犯猎手，但他这一身装扮跟他的身份可真是相去甚远。幸好，他还有一种幽默感——更像干型雪莉酒而非彭斯之夜[①]的一种幽默感。

"哎哟，这真是意料之外的荣幸，斯特兰奇韦斯先生，你好。"他边说边站起来，庄重地向奈杰尔伸出手，"也问候你的夫人，她一切都好吧？"

"挺好的，谢谢。其实，她跟着我一起来这边了。好一场家族聚会啊，还是说，可以理解成秃鹫聚会？"

布朗特探长递出他最硬冷的目光。"秃鹫？斯特兰奇韦斯先生，你不会要告诉我，你又让自己跟罪案搅在一起了吧？"

"恐怕确实是这样。"

"真行，唉，岂不是——岂不是太好了！你肯定又要让我大吃一惊了，我一眼就能看出来，你就是这样。"

奈杰尔表现得不慌不忙。他不是好出风头的人，但若关键角色和台词落到他手里，他也很乐意将之演绎好。

"所以这是一起犯罪事件？"奈杰尔问，"我的意思是，这是谋杀，而非毫无新意的自我了结？"

"自杀的人，"布朗特简洁地说，"一般不会连瓶子带毒药一起吞掉吧。"

[①]定于每年一月二十五日。这天是苏格兰诗人罗伯特·彭斯的诞辰，当地人民非常钟爱彭斯，将这一天定为纪念他的日子，会举办聚餐、酒会和诗朗诵等活动。

"你是说,那个装毒药的容器不见了?如果可以,能否请你把情况都跟我说明一下。截至目前,我对拉特利之死几乎一无所知,只知道一个曾住在这里的伙计,菲利克斯·雷恩——真名是弗兰克·凯恩斯,我猜你已经知道了,但大家都习惯叫他'菲利克斯',不如我们以后就叫他菲利克斯·凯恩斯吧——说回正题,他本打算谋杀乔治·拉特利,但是,据他所说,行动失败了,所以一定是有其他人插手了。"

这番话像爆炸中的弹片一样击向布朗特,但他以老练警探的沉着轻松接了下来。他非常慎重地取下夹鼻眼镜,吹了吹镜片上的灰尘,擦了擦,重新戴上,然后才说:

"菲利克斯·凯恩斯?没错,没错。那个留胡子的小个子。他是写侦探小说的,对吗?这就很有趣了。"

他稍显宽容地看了看奈杰尔。

"要不,我们抛硬币决定先后手?"奈杰尔问。

"你是,呃,该怎么说,受雇于这个凯恩斯先生吗?"布朗特探长措辞谨慎,但语气却很坚定。

"对,除非证据能证明他有罪。"

"啊哈,了解。你认定他无罪。要不你先说说你得知的情况吧。"

于是,奈杰尔将菲利克斯供词的要点讲给布朗特。当他讲到菲利克斯打算淹死乔治·拉特利的计划时,布朗特一时没能控制好自己兴奋的情绪。

"刚才死者的律师给我们打了通电话,说他们手上有一样东西会让我们很感兴趣。肯定就是你提到的日记了,毫无疑问。这对你的委托人来说很不利啊,斯特兰奇韦斯先生。"

"还是要看过才能判断啊,说不定它反而能救他呢。"

"好吧,他们已经派了专门的信使加紧送来,我们很快就能搞清楚了。"

"我倒不急于发表意见,现在轮到你跟我讲讲啦。"

布朗特探长从桌上拿起一把尺子,闭上一只眼睛后,单眼顺着尺子边瞄了一会儿,然后突然坐直,用犀利的语气说:"乔治·拉特利是被士的宁毒死的。当然,尸检结束前还不能完全确定。中午前就能出结果。他本人,他夫人,他母亲,他儿子菲尔,还有莲娜·劳森一起吃的晚饭。他们吃了一样的饭菜。死者和他母亲喝威士忌,其余人则喝的水。除死者外,没有人出现类似的中毒反应。他们在八点一刻左右吃完离开餐桌,各位女士和小孩首先离开,死者在约一分钟后跟上。除了菲尔之外,其他人都去了客厅。十到十五分钟后,乔治·拉特利感受到了剧烈的疼痛。可怜的女士们手忙脚乱,让他吃了芥末催吐药,但结果只是加重了他的症状。当然了,他的症状相当可怕。她们先给自家医生打了电话,但医生当时到一处车祸现场出外诊去了。等联系上另一位医生时,已经太迟了。克拉克森医生将近十点才赶到。他从一名孕妇家赶来,给乔治进行了常规的氯仿处理,但已无力回天。拉特利五到十分钟后就去世了。他可怕的死相我就不跟你讲了。但我确信,毒药的载体不可能是晚餐时的任何食物或饮品。士的宁被服下后,潜伏期很少超过一小时。大家是在七点一刻时坐下来开始吃晚饭的,所以拉特利基本不可能是在晚饭前服下毒药。这样的话,剩余的选项,就是乔治在其他人之后离开餐厅并来到客厅的那一分钟时间差了。"

"咖啡里呢?锅里呢?不对,当然不会是在锅里,总不会有人捧着锅狼吞虎咽吧。另外,士的宁味道极苦,除非吃东西的人明知自己在吃苦味的东西，不然肯定会立即察觉异常，把嘴里的东西吐出来。"

"没错。而且，周六晚上这家人并没有喝咖啡，因为客厅女仆之前弄坏了咖啡滤壶。"

"这样的话，我觉得听起来像是自杀。"

布朗特探长脸上流露出一点不耐烦。"我亲爱的斯特兰奇韦斯先生，"他说，"自杀者可不会在服毒后走进自家客厅，走向家人的怀抱，好让他们亲眼看着自己中毒发作、痛苦万分的样子。其次，科尔斯比完全查不出他是怎样服下毒药的。"

"晚餐用的餐具都洗过了吗？"

"玻璃和银器洗了，但陶制的都没洗。科尔斯比是本地警方的小伙子，也许会漏掉什么细节。我自己今早才到，但——"

"你知不知道凯恩斯昨天下午离开这所房子后就再也没回来过？"

"确定？有证据吗？"

"呃，没有。"奈杰尔措手不及，"目前还没有。他告诉我，双方在小船上摊牌后，拉特利就不再让他回来，甚至不允许他收拾行李。没事，反正这点不难查证。"

"也许吧。"布朗特用手指敲着桌面，谨慎地说，"我想——没错，我想我们应该再查一查餐厅。"

4

餐厅里光线昏暗,氛围沉郁,里面挤着大量家具,都是维多利亚时代的胡桃木制品。这里的桌子、椅子和一个巨大的餐具柜,显然是为更大的房间而设计的,让人联想到暴饮暴食和沉闷的对话。这种局促的装潢风格还包括厚重的红褐色长绒窗帘、褪色的深红色墙纸和墙上的油画。几幅油画的内容差别很大,一幅画的是一只狐狸贪婪地啃食已被开膛破肚的野兔(画得很逼真);一幅画的是大量的海鲜,很多龙虾、螃蟹、鳗鱼、鳕鱼和三文鱼等放在一块大理石板上;第三幅画应该是家里的某位祖先,看身型无疑是死于中风或暴饮暴食。

"暴食于静谧中被忆起[1]。"奈杰尔咕哝着,下意识地想找一瓶胃药。布朗特探长站在餐具柜旁,一边用手指搓着它老旧发黄的表面,一边出神地思索着。

"来看这里,斯特兰奇韦斯先生。"他指着一个黏腻的环形痕迹——就像是有一个药瓶曾放在这里,药水沿着瓶身流下来。布朗特舔了舔自己的手指。

---

[1] 原文为 Gluttony recollected in tranquillity. 诗人华兹华斯曾说:"I have said that poetry is the spontaneous overflow of powerful feelings:it takes its origin from emotion recollected in tranquillity.",即"诗歌是强烈情感的字法流露,发乎情,止乎静。"此处奈杰尔化用了华兹华斯原话的最后一句。

"现在好了,"他说,"我想——"

他谨慎地掏出一块白色丝绸手帕,擦干净手指,按下了召唤铃。很快,一名女子来了——是客厅女仆——她浑身僵硬,戴着紧巴巴、妨碍活动的翻花袖口,头戴一顶老款的白色女仆头饰。

"您按铃吗,先生?"她问。

"嗯。你跟我说说,安妮——"

"请叫我梅里特。"她噘起薄薄的嘴唇来表示自己不喜欢警察冒昧地直接用教名称呼她。

"梅里特是吧?好,那请你告诉我,梅里特小姐,这个环形痕迹是怎么来的?"

她谨慎地垂下眼帘,像个修女,开口说:"是少爷——已故少爷的药。"

"啊,没错。那么瓶子到哪儿去了?"

"我不知道,先生。"

经过进一步的询问他们得知,梅里特记得自己最后一次看到这个瓶子是在周六午饭后。不过晚饭结束后,她没有留意药瓶是否还在原处。

"他一般是怎么服药的?倒进玻璃杯里喝,还是倒进勺子里喝?"

"是用勺子,先生。"

"周六晚饭后,你有没有跟其他用人一起清洗过这把勺子?"

梅里特稍稍抬起头。

"我不负责清洗的工作。"她冷淡地强调,"我只负责收拾。"

"那你有把少爷服药用的勺子收走吗?"布朗特耐心地问。

"鸡同鸭讲。"奈杰尔咯咯笑着说。

"收走了，先生。"

"然后它就被拿去清洗了？"

"是的，先生。"

"这就可惜了。我想想，嗯，你能请女主人过来一趟吗？"

"拉特利老夫人身体不舒服，先生。"

"我其实是说——哦，也好，说不定更好。嗯，请你帮我问问劳森小姐能不能过来谈几分钟？"

"谁才是这家的女主人，不言自明了。"女仆离开后，奈杰尔说。

"很有趣。这种物质尝起来像我曾经吃过的一种药，那里面就含有士的宁的成分。"

"士的宁？"奈杰尔吹了下口哨，"这就对了，所以他才不觉得有苦味很奇怪。而且他在别人离开餐厅后，还独自待了一分钟。看来你有些进展。"

布朗特狡黠地看着奈杰尔。"还坚持自杀论吗，斯特兰奇韦斯先生？"

"如果这个瓶子真的装了毒药，那就不太站得住脚了。但凶手从现场取走药瓶这点多奇怪啊，白白浪费了把事情伪装成自杀的机会。"

"杀人犯就是会做些怪事，你也懂的。"

"但这样好像就能排除菲利克斯·凯恩斯的嫌疑了。就是说，如果——"

奈杰尔听到门口传来脚步声，赶紧停住话头。女孩来得有点出人意料，但不知为什么，她在这阴郁的房间里并不显得突兀，反而像是一束斜斜打进监牢的暖阳。她一头浅金色的秀发，身上的白色亚麻西服以及那精致的妆容，都是对这个房间里一切事物的藐视——无论生物还是死物。就算菲利克斯没有提前告知,奈杰尔也能看得出她是一位演员。她进门前稍作停顿,经布朗特指示后坐到了椅子里,动作带着一份考究的"自然"。布朗特向她介绍了奈杰尔和自己,并对她表达了哀悼之情。莲娜敷衍地歪着头,默默听着。显然,她和探长一样,急切地想查清真相。她急切,却又害怕可能的结论。奈杰尔一直观察着她,她摆弄着衣服上的一颗纽扣,眼里透着真诚和坦率。

布朗特循序渐进地询问着,轮流查问案子各个方面的情况,就像医生耐心地在病人身上触诊,期待着找到揭示病症所在的刺痛。劳森小姐也配合着回答问题。是的,妹夫出现症状时,她也在客厅里。不,当时菲尔不在,他肯定是吃完晚饭后直接上楼了。众人离开餐厅后她做过什么?嗯,乔治出事之前她一直和其他人待在一起。然后乔治的母亲让她去拿些芥末和水——是的,她记得很清楚,是他母亲指示的。再后来她便一直顾着打电话叫医生。不,抽搐缓和的时候乔治也没说过话,没有透露什么有用的信息。他基本只是静静地躺着,有一两次甚至好像睡着了。

"那在发病期间呢?"

莲娜赶紧垂下了睫毛想挡住眼中的恐惧,但还是慢了。

"唉,他凄惨地叫个不停,说真的很痛。太恐怖了。他倒在地上,整个人蜷起来。我曾经开车时碾到过一只猫,它就——唉呦,求你别再让我说了,我真的受不了!"

她把脸埋进双手,开始啜泣。布朗特像慈父一样拍了拍她的肩膀,但等她平复情绪后,他还是坚持温柔地问:"病发时,他有没有提到谁的名字?"

"我——其实我大部分时间都不在客厅。"

"请您配合,劳森小姐。希望您清楚,隐瞒是毫无意义的,因为另外两人无疑也听到了。而且,一个人在极度痛苦中所说的话,是不能成为指控他人的依据的,除非有大量其他证据作支撑。"

"好吧。"那姑娘恼怒地说,"他提到过菲利克斯——雷恩先生。他说'雷恩之前就试过',还狠狠地咒骂他。这也说明不了什么。他讨厌菲利克斯。他当时肯定脑子很混乱,而且又在经历剧痛,你不能——"

"别往坏的方向想,劳森小姐。这位斯特兰奇韦斯先生能保证让雷恩先生安然无恙,希望如此吧。"布朗特探长摸着下巴,低声说,"你会不会碰巧知道,拉特利先生是否有可能自杀呢?比如财务纠纷?疾病?据说他在服药。"

莲娜盯着他,浑身僵硬,眼神像悲剧面具上没有情感的眼洞。有一两秒她都说不出话,然后她突然急急地说:"自杀?你把我吓到了,我是说,我们都以为他是吃错了什么东西。对,现在想想应该是自杀,虽然我想不到原因——"

奈杰尔隐隐觉得"自杀"并不是导致这姑娘如此慌张的关键词,他的直觉很快得到了证实。

"那么,他正在服用的药,"布朗特探长说,"应该含有士的宁吧?"

"这我真的不知道。"

"也是。当天午饭后,他是否有按往常的习惯服下一勺药呢?"

姑娘的眉头绞在一起:"我记不清。但他午饭后总会吃的,所以我想如果他没吃的话,我应该会注意到的吧。"

"也对,是的。你观察得很仔细。"探长摘下夹鼻眼镜,心不在焉地把玩起来,"是这样的,劳森小姐,我现在比较关心那个瓶子。它不见了,这很麻烦。因为我们有个猜想——只是个猜想——这个瓶子很可能与他的死亡有关。士的宁是一种毒药,属马钱子科。假设拉特利先生真的想自我了结,他很可能自己加大了一点剂量。但如果真是这样,他应该不会顺手处理掉装药的瓶子。"布朗特极力压抑着兴奋之情,甚至他早已改掉的格拉斯哥口音都有复苏的迹象。

这次,莲娜要么是重新控制好了表情,要么就是没有需要掩藏的事情。她迟疑地说:"你是说,如果乔治死后,在餐具柜上发现了这个瓶子,就能证明他是自杀?"

"不,不完全是这样,劳森小姐。"布朗特慈祥地说。但下一瞬间,他唇间的仁慈便荡然无存。他俯下身,带着冷酷的从容说:"我的意思是,瓶子消失会让事情看起来像是谋杀案。"

"啊——"姑娘叹了口气,像是放下了重担,好像她等待可怕回答的焦虑已经消散,之后不会有更糟的情形了。

"对此你不感到吃惊吗?"布朗特尖锐地问。看来对方的冷静让他有点气恼。

"那我应该怎样?靠在你肩膀上大哭?"

奈杰尔截住了布朗特尴尬的目光,并回了他一个调皮的眼神。他就喜欢看到布朗特出丑。

"还有一件事,劳森小姐,"奈杰尔接过话茬,"说出来可能会让你不安,但我想菲利克斯有跟你说过,我是作为他的代理人前来的。你有没有怀疑过,其实菲利克斯一直想谋杀乔治·拉特利?"

"不!不!这是胡说八道!他绝对没有!"莲娜抬手做出抗拒的动作,仿佛这样就可以将奈杰尔的问题推开。她的表情从惊慌变为困惑。"一直想？"她慢慢地说，"你说'一直'是什么意思？"

"唔，就是从你们认识开始啊，在他来这里之前。"奈杰尔同样困惑地说。

"没有，他当然没有。"姑娘真诚地回答，然后咬了咬嘴唇。"他没有，"她大嚷，"他没有谋杀乔治！我知道他没有！"

"今年一月，乔治·拉特利开车时撞死了一个小男孩——马蒂·凯恩斯，你当时也在他车里吧。"布朗特探长不无同情地说。

"哦，天哪。"莲娜说，"所以你们真的查到了。"她坦诚地直视他们，"可那不是我的错。我有劝他停车，但他不听。这几个月以来我经常梦到那件事，真是太可怕了。但我不懂，您为什么提起这件事——？"

"我想，已经可以让劳森小姐先离开了，你说呢，布朗特？"奈杰尔马上打断了她的话。

探长摸了摸下巴。

"没错，也许你说得对。还有一件事，在你看来，拉特利先生有没有什么仇敌呢？"

"也许有吧，我觉得他就是那种会树敌的人，但我一个都不认识。"

女孩离开后，布朗特说："很有启发性的对话，她肯定对失踪的瓶子有所了解。另外，她也很害怕真的是凯恩斯先生犯下罪行，但她还没有把菲利克斯·雷恩跟被撞死的男孩联系起来。漂亮的姑娘，可惜不愿说实话。没事，反正我们很快就能查清楚。你为什么会突然问她有没有怀疑过菲利克斯？我觉得现在就打出这张牌有点早了吧。"

奈杰尔将手里的烟头弹出窗外："关键是，如果菲利克斯确实没有杀害乔治·拉特利,那我们就遇上了最离谱的巧合——就在菲利克斯企图谋杀拉特利却失败的同一天,又另外有人实施了计划,还成功了。"

"你也觉得是离谱的巧合了?"布朗特将信将疑地看着他。

"不,别急。我还不准备完全排除巧合的可能性。假设有足够多的猴子,在足够多的打字机上,花上足够多个世纪的时间来打字,它们也终有一天能打出莎士比亚的著作。这是巧合,但也有一定的概率。但是,若乔治中毒并非巧合,而且不是菲利克斯下的手,那么根据逻辑推断,肯定是有第三个人得知了菲利克斯的计划——要么是看到了菲利克斯的日记,要么是乔治信任他,把事情跟他说了。"

"我开始明白你的思路了。"布朗特的双眼在镜片后闪着光。

"假设有第三个人得知了这条特殊信息,也确实想让乔治死。菲利克斯失败后,此人就接过了接力棒,给乔治下了毒,可能就是通过那个瓶子。因为有日记的存在,他知道怀疑很可能会全落在菲利克斯头上。但他必须立即动手,因为既然菲利克斯败露了,就肯定没法继续在这里住下去。莲娜无疑是第一嫌疑人,因为从日记的内容来看,乔治很愿意向她吐露秘密,而且乔治和莲娜都跟马蒂·凯恩斯的意外死亡有关。但她刚才说并不知情,看起来也很真诚。所以,她很可能并不知道日记的存在。也因此,我们可以把她从嫌疑人名单上排除,除非两次谋杀行动真是纯粹的巧合。"

"但是,如果劳森并不知道日记的事,她为什么会那么担心,或者说害怕我们怀疑是菲利克斯动的手呢?"

"在我们更进一步了解这个家庭之前,这个问题是没有答案的。当我问她是否怀疑过菲利克斯一直想谋杀乔治时,她明显非常困惑，不是吗？没有半点虚假的困惑。这么看来，她虽然对日记一无所知，但认为菲利克斯会有别的动机想谋杀乔治。两位男士相遇后产生了敌意。"

"听起来很合理。我得逐个盘问这个家里的成员，看看有谁对菲利克斯持怀疑态度，并观察他们的反应。若真有谁利用他作掩护，肯定会在问话中露出破绽的。"

"就该这么办。还有，那个小男孩，菲尔，你介意先让他在我的旅馆住几天吗？我妻子会照顾他。目前来看，这所房子对他幼小敏感的心灵来说可不能算健康的环境。"

"不介意，没问题。我还是得问他一些问题，但可以晚些。"

"好，那我去问问拉特利太太是否同意。"

5

奈杰尔进来的时候，维奥莱特·拉特利正坐在桌边写东西，莲娜也在屋里。他做了自我介绍，说明了来意。"当然，如果您已经另有安排也没关系。不过我听说菲尔和雷恩先生关系很好，而且，我妻子肯定也很乐意帮忙。"

"嗯，我知道了，谢谢你的好意。"维奥莱特含糊地答道。她有些无助地看向莲娜，后者正沐浴在窗边的阳光中，面朝屋外。

"你觉得呢，姐姐？这样可以吗？"

"当然可以，就这么办吧。菲尔不应该待在这儿了。"莲娜仍然看着窗外的街道，心不在焉地说道。

莲娜回过头来，有些激动地张开红唇，语气轻蔑地说道："亲爱的小维，你也该学会自己做主了。菲尔到底是谁的孩子？任谁看到乔治的妈妈——那个老巫婆——对你呼来喝去，都会觉得你像个奴隶。她和乔治简直毁了你的人生。不，你别跟我皱眉头。你早该让她滚蛋了，如果你连菲尔都不敢保护，不如也去服毒自杀吧。"

维奥莱特犹豫不决的面孔微微一颤，厚厚的粉底衬得她脸色煞白。奈杰尔以为她会就此崩溃。她在挣扎，莲娜想用犀利的话语唤醒真正的她，但她顺从克制的面具早就与自我融为一体。半晌,她绷紧了毫无血色的双唇,一丝光亮出现在疲惫的眼中。她微不可见地扬了扬下巴,说:"好,就这么办吧。非常感谢您的提议,斯特兰奇韦斯先生。"

就像是在回应这无声的挑战一般,房间的门打开了。身着黑衣的老妇人仿佛扼杀了窗外的阳光,将阴影带入屋内。

"我听到了声音。"她恶狠狠地说。

"是的,我们正在谈话。"

老妇人庞大的身躯挡住了门。她完全无视了莲娜的话,大步走向窗户,拉下窗帘。她的腿太短,急促的步伐顿时令她威严尽失。那束阳光在消失前与她进行了一番殊死搏斗,但最终在黑暗的笼罩下,她重拾了主导权。

"我很惊讶,维奥莱特。"她说,"你丈夫死在隔壁屋里,你甚至不愿意为他拉下窗帘,就这么让外人看着。"

"但是,妈妈——"

"是我把窗帘打开的。"莲娜打断道,"事情已经够糟了,我们不能装作什么都没发生。"

"闭嘴!"

"我不会闭嘴的。如果你还想继续欺负维奥莱特,就像十五年来你和乔治做的那样,那么请自便。但我要告诉你,你不是这个家里的女主人,我也不会平白受你的气。你在自己屋里做什么我管不着,但你休想出来干涉别人,你这只可恶的老蟑螂!"

奈杰尔看着这一幕,想道,她们两个就像是光与暗,奥尔穆兹德与阿赫里曼[①]。莲娜有着弯刀一样的脖颈,柔和的肩膀微微前倾,站在她对面的妇人则是一道立在房屋中央的黑影。确

[①] 阿胡拉·马兹达是拜火教的最高神,又名奥尔穆兹德(Ormuzd),在善恶二元论中是代表光明的善神,与代表黑暗的恶神阿赫里曼(Ahriman)进行长期的战斗,最后获得胜利。

实，莲娜并不算是光明的代表，但即便她态度粗俗，她也是干净、健康的。她不会让屋里充满樟脑丸一般陈腐的气息，身上也没有沾染权势的丑恶——她和那个老妇人不同。但此刻最好不要让她们继续僵持下去，于是奈杰尔轻快地说道："拉特利夫人，我刚刚在跟您儿媳说，我和妻子希望能在这件事情顺利解决之前帮忙照看菲尔。"

"这个年轻人是谁？"老妇人的威严丝毫没有被莲娜的嘲讽动摇，她接着说道，"拉特利家族的人从不逃避问题。我绝不允许，菲尔必须留在这里。"

莲娜张嘴想要说话，却被奈杰尔制止了。重担落到了维奥莱特的身上，她若是此刻不开口，以后就再也不会有出声的机会。她指责地看了姐姐一眼，双手无力地比画着，然后，终于，她挺直了低垂的肩膀，阴郁的神色也随之消失，像一个真正的女主人一样说道："我已经决定了要把菲尔送去斯特兰奇韦斯夫妇那儿。留他在这儿太不公平了，他还是个孩子。"

拉特利老夫人仿佛被人狠狠打了一拳，遭受了天大的打击，愣在了原地。她看着维奥莱特，然后跌跌撞撞地走向门口。

"你们合起伙来对付我。"她阴沉地说，"我对你的行为很不满，维奥莱特。你姐姐举止像个粗俗的农妇也就罢了，我本以为你已经摆脱了那种恶习，如今看来你还是无法洗去在贫民窟里染上的污点。"

门砰的一声关上了。莲娜对着门比了个粗俗的手势，维奥莱特整个人都瘫在了座椅中。屋子里弥漫着淡淡的樟脑味。奈杰尔低头，回想刚才那一幕。他反思道，刚才自己确实被那个老妇人吓到了。天哪，这一家子！一个心思敏感的孩子怎么能在这样的家庭里生活？父母争吵不休，还有那个可怕的老太太，每天都想控制孩子的思维,让他和妈妈反目成仇。想着想着,奈杰尔又听到了拉特利老夫人蹒跚的脚步声,是从头顶传来的。

"菲尔呢?"他尖刻地问道。

"应该在他的房间里。"维奥莱特说,"就在这间屋子的正上方。您是要——"

但是奈杰尔已经冲出了房间。他悄声跑上楼,右手边的房间里有人在说话。那个沉闷的声音他再熟悉不过了,但声线里多了一丝恳求。

"你肯定不想走,不想离开我的,对不对,菲尔?你祖父就绝不会逃走,他不是一个胆小鬼。要记得,现在你可怜的父亲死了,你就是家里唯一的男子汉了。"

"走开!走开!我恨你。"男孩的声音里有一丝惊慌和抗拒,就像在努力驱赶逼近的野兽。奈杰尔控制住自己不要冲进去。

"你太紧张了,菲尔,不然你不会和奶奶这么说话的,对不对?听着,孩子,你不觉得自己现在更应该陪着妈妈吗?她没有人可以依靠,肯定会非常难过。你父亲可是被人毒死了啊,你明白吗?"

拉特利老夫人正在尽力讨好她的孙子,声音中带着一种如氯仿般浓烈、呛鼻的甜味。房间里传来一阵呜咽声——那是一个孩子与麻醉剂抗争的声音。奈杰尔听到身后响起了脚步声。

"你母亲需要我们的帮助,警方可能会得知她上周和你父亲吵架的事,她当时说的话可能会让他们认为——"

"太过分了。"奈杰尔咕哝着,握住了门把手,但维奥莱特像复仇女神般从他身边飞过,冲进了房间。只见拉特利老夫人正跪在菲尔面前,手紧抓着他瘦弱的胳膊不放。维奥莱特拽着她的肩膀,试图把她从男孩身边拉开,但效果无异于移动一块玄武岩。她猛一使劲，推开老妇人的胳膊，挡在她与菲尔之间。

"你这个畜牲！你怎么能——你怎么敢这样对待他！没事的，菲尔，不要哭。我不会再让她靠近你了，你现在安全了。"

小男孩茫然又怀疑地盯着母亲。奈杰尔注意到这个房间里光秃秃的，没有地毯，仅存的家具是一张廉价的铁床和一张餐桌。毫无疑问，这是他父亲让孩子"变坚强"的方法。桌上放着一本集邮册，摊开的两页纸上满是脏兮兮的指印与泪痕。现在的奈杰尔比过去更容易发脾气，但他知道自己还不能惹恼跪在地板上的拉特利老夫人。

"你能扶我起来吗，斯特兰奇韦斯先生？"即便在大势已去的情况下，她仍旧保持着一种尊严。奈杰尔一边帮助她站起来，一边想，真是个了不起的女人。事情将会变得非常有趣。

6

五小时后,奈杰尔再度与布朗特探长碰面。菲尔·拉特利已经被顺利送到了旅馆,他在那里喝了一大杯茶,正在和乔治娅讨论极地探险的事。

"确实是士的宁。"布朗特说。

"但它是从哪儿来的?这个东西也不能随便进药店去买。"

"当然不行,但你可以购买杀虫剂,其中一些含有相当比例的士的宁。不过我认为我们的朋友不需要这么做。"

"你这话真有趣。你的意思是,毫无疑问,凶手是一位职业捕鼠人的兄弟或姐妹。'任何类似老鼠活动的声息都会让我的心怦怦直跳。'就像勃朗宁[①]写的那样?"

"不仅如此,科尔斯比在拉特利的汽修厂做了例行调查,厂子位于河边,鼠患肆虐,他碰巧注意到办公室里有几罐杀虫剂。所有人——也就是所有家庭成员——都可以轻而易举地进入并获取毒药。"

奈杰尔想了想,问:"他是否问过,最近有没有人在汽修厂里见到过菲利克斯·凯恩斯?"

[①]指罗伯特·勃朗宁,这句话出自他的《哈默林的花衣吹笛人》,告诫人们要信守诺言。

"是的,他去过一两次。"布朗特有些不情愿地说。

"但不是在谋杀案发生的那天?"

"当天没人看见他。"

"你也不能只盯着凯恩斯一个人,要保持思路开放。"

"一个人死了,另一个人又写下了针对他的谋杀计划。在这种情况下很难保持思路开放。"布朗特轻敲摆在桌上的日记本封面说道。

"在我看来,可以排除凯恩斯的嫌疑。"

"你怎么知道?"

"他说他计划淹死拉特利,这点毫无疑问。当这次尝试失败后,他径直回到旅馆。我已经询问过服务员,五点时他在休息室里喝茶——在他离开小船大约四分钟后。喝完茶后他就坐在旅馆的草坪上看书,一直看到六点半,有目击证人。六点半时,他走进酒吧,在那里一直喝到饭点。他不可能在那期间返回拉特利家,不是吗?"

"我们得核查一下这个不在场证明。"布朗特谨慎地说。

"你尽管去查,但注定徒劳无功。如果他想把毒药放进拉特利的药里,必须得利用起航前,拉特利午饭后服药的那段时间。他也许有机会这么做,但是为什么呢?他无法预料船上的计划成功与否,即便他真的留了后手,选择毒药的可能性也微乎其微。那艘小船的精心设计表明他有足够的头脑,他应该会再次伪造事故,而不是明目张胆地用老鼠药,还丢了瓶子。"

"那瓶子,是的。"

"没错,瓶子。丢掉瓶子会让人联想到谋杀,而菲利克斯·凯恩斯没有蠢到那个份上,故意把谋杀的嫌疑引到自己身上。无论如何,我觉得要证明他是在拉特利死后才接近那里并不是很难。"

"他确实没去。"布朗特出人意料地说,"我已经着手调查过了。拉特利死后,克拉克森医生立即给警方打了电话,这栋房子从十点十五分起就有人看守。"布朗特的嘴角露出些许微笑,一本正经地补充道,"有目击者可以证实凯恩斯从晚餐到受害者死亡期间的行踪,他当时并不在这里。"

"那好吧。"奈杰尔无可奈何地说,"如果凯恩斯无法实施谋杀,那——"

"我可没这么说,我说的是他不可能将药瓶拿走。你的论点很有意思。"布朗特宛如一位批驳学生论文的大学导师,"真的很有意思,只因这是基于一个谬论。你的大前提是,一定是同一个人往瓶子里添了毒药,后来又把它拿走了。但假设凯恩斯在午饭后将毒药灌入,使其在晚餐时生效。假设他事后并未把毒药清理掉,而是想营造一种拉特利自杀身亡的假象。假设拉特利毒发后有第三个人出现——某个已经知道真相或怀疑凯恩斯的人。也许此人把瓶子和毒药联系了起来,绝望之下,为了保护凯恩斯而丢弃了瓶子。"

"我明白了。"奈杰尔停顿良久后说道,"你是说莲娜·劳森?但为什么——"

"她爱上凯恩斯了。"

"你怎么知道?"

"因为我能够洞察人心。"探长无情地嘲笑着奈杰尔的最强项,"还有,我问过仆人。他们大概是正式订婚了。"

"好吧。"奈杰尔的脑袋在这轮出其不意的炮击下感到天旋地转,"看来我还有一些工作要做,我还怕这件事太简单,不需要我出手呢。"

"还有一个小问题,建议你不要太过自信。你可能会说这是一个离谱的巧合,但你的当事人在日记里提到了士的宁,我还没来得及读多少,你只需看看这个就行了。"

布朗特拿出日记本,用手指着一行字。奈杰尔读道:"我曾答应过自己,要狠狠地折磨他,从他的痛苦中获得满足——他没资格死得痛快。我本想慢慢地,一点点地把他灼烧至死,或是看着蚁群将他的肉体蚕食殆尽。又或者,还能用士的宁,这种毒药能使中毒者的身体弯成僵硬的圆环。上帝啊,我能不能让他保持车轮的模样滚下悬崖,一直滚进地狱……"

奈杰尔沉默了片刻,然后开始像鸵鸟一样踱来踱去。

"不会的,布朗特。"他突然开口,比之前更加严肃,"你没明白吗?这也支持了我的理论,即第三人可以阅览这本日记,并利用他的计划杀死拉特利,把嫌疑转移至凯恩斯身上。我们先暂且搁置这一点。你觉得,像凯恩斯这样的普通公民,有可能在第一次试图谋杀失败后,立刻策划出如此冷血的第二次谋杀吗?这说不通,你明明知道。"

"当一个人精神崩溃时,我是指字面意义上的崩溃,你不能指望他的行为合乎人性。"布朗特毫不退让。

"精神异常的凶手总是过分自信,而不是缺乏自信。你赞同这点吗?"

"通常来说,是这样的。"

"好吧,那也就是说,你试图相信凯恩斯制订了一个近乎完美的谋杀计划,却对自己信心不足,于是准备了一个补救措施。这种说法站不住脚。"

"你走你的阳关道,我走我的独木桥。我和你一样,都不希望冤枉好人。"

"很好，我能看一看那本日记吗？"

"我要先看一遍，今晚我会把它送过来。"

7

这是一个温暖的夜晚。夕阳染出杏色的天空，草坪上的鲜花从旅馆一路蔓延到河滨。乔治娅说，在这样一个异常寂静的夜晚，你甚至可以听到一头母牛在三英里外反刍的声响。酒吧大厅的一个角落里聚集了一群垂钓者。骨瘦如柴的男人们穿着破旧的粗花呢服饰，留着阴沉的小胡子，其中一个正绘声绘色地描述一场不知真假的捕捞。就算真有谋杀的传言进入他们生活的那个潮湿无趣的世界，他们也只会当作耳旁风不屑一顾，所以自然也没有分神给另一桌喝杜松子酒和姜汁啤酒的客人。

奈杰尔说："所谓钓鱼竿，就是一根把鱼钩和笨蛋连接在一起的木棍。"

"闭嘴，奈杰尔。"乔治娅低声道，"我可不想惹怒他们，这些人很危险，可能会对我们大打出手。"

莲娜坐在菲利克斯旁边的高脚凳上，靠在他身上，有些不耐烦地动了动。

"咱们去花园吧，菲利克斯。"她明显只是在邀请他，他却回道："好吧，你们两个喝完饮料，我们就出去打打高尔夫。"

莲娜咬了咬嘴唇，突然站起了身。乔治娅给了奈杰尔一个眼神，示意他们最好也跟着出去，没必要和菲利克斯对着干。

但他为什么不想和莲娜独处呢？

确实，为什么呢？奈杰尔思索着，如果布朗特的推测无误，莲娜应该会不愿意和菲利克斯独处，因为她不希望听到他亲口承认谋杀。事实却完全相反，是菲利克斯在回避莲娜。晚餐的时候，他也总是与莲娜保持距离。他说话时语气尖锐，尤其是对莲娜，仿佛在警告她不要靠近，不然就会伤到自己。情况很复杂，但菲利克斯也是一个复杂的人。奈杰尔意识到，他此刻应该亮出一些底牌，看看两人会作何反应。

打完一轮钟面式高尔夫，几人坐在河边的躺椅上。夜晚的河水波光粼粼，奈杰尔谈起了那起案子。

"您应该听说了，那件证物现在在警方手里，布朗特探长今晚会拿过来。"

"嗯，至少他们知道了最坏的情况，算是件好事。"菲利克斯轻声说，语气中奇妙地混杂了羞涩与自满。"现在我的伪装暴露了，干脆把胡子也剃掉好了。我本来也不喜欢这玩意，吃饭时总沾到食物，很麻烦。"

莲娜摆弄着手指，菲利克斯滑稽的表现让她有些不自在，她不确定自己到底喜不喜欢这个人。

莲娜说："我可以问问，你们说的'证物'到底是什么吗？"

"当然是菲利克斯的日记了。"奈杰尔迅速回道。

"日记？为什么会是日记？我不明白。"莲娜无助地看向菲利克斯，但他回避了她的目光。她听起来真的很困惑，但奈杰尔没有忘记她是一个演员，这也很可能是演出来的。不过他仍认为她很可能是第一次听说日记的事情，于是继续说了下去。

"好了，菲利克斯，咱们没必要兜圈子。劳森小姐不知道日记的事情吗？你不应该——"

奈杰尔并不知道他投下的这颗石子会激起怎样的波澜，但他显然没料到会发生这样的事情：菲利克斯忽然站了起来，看着莲娜，目光中混杂着嘲讽、倔强，和一丝冷酷的厌恶——不知是针对她还是自己。他开始一字一句地诉说整个故事的经过，包括马蒂之死，他如何追捕乔治，如何把日记藏在拉特利家松动的地板砖下，如何在河上试图杀害乔治。

"所以你现在知道我是什么人了。"他终于说道，"我做好了一切准备，只是没有动手杀他。"

他的声音平静客观，但奈杰尔能看出他的身体正在颤抖，像一个在冰水里泡了太久的人。他说完之后所有人都沉默了，河水哗哗地冲刷着堤岸，水鸟发出悠长的悲鸣，收音机里正无情地播报着新闻。在这片小小的草坪上，沉默无限延伸。莲娜的手紧紧地抓着木椅，菲利克斯刚才说话的时候她就维持着这样的姿势。期间她的嘴张开又合上，仿佛想要猜测他接下来的话，或者帮他说完。现在，她僵硬的姿势终于放松下来，她的嘴唇颤抖着，身影似乎缩得越来越小。她喊道："菲利克斯！你之前为什么没有告诉我这些？为什么？"

她直直地看向他，他的表情依然紧绷，倔强不屈。此时此刻，奈杰尔和乔治娅就好像不存在了一样，世界上只剩下菲利克斯和莲娜两人。菲利克斯似乎下定了决心不再开口，要将莲娜拒于千里之外。莲娜站了起来，泪水夺眶而出，跑回了旅馆。菲利克斯站在原地，没有去追她……

一个小时后，乔治娅和奈杰尔回到了房间里。她说："你玩的这些小手段让我不禁猜测，你是一开始就计划好了要引出那么戏剧性的一幕吗?"

"真抱歉,我确实没想到会变成那样。但这恰好证明了莲娜没有杀害拉特利先生。她应该并不知道日记的事情,而且是真心爱着菲利克斯。这两项事实都否定了她毒杀乔治,再嫁祸给菲利克斯的可能。当然,如果这是一次巧合——"他半是对乔治娅说,半是自言自语道,"确实就能解释她的那句'你之前为什么没有告诉我这些?',嗯……"

"荒唐。"乔治娅断然道,"我喜欢那姑娘,她很有个性。人们都说女人喜欢用毒药杀人,在我看来完全是无稽之谈。毒药不是女人的武器,是胆小鬼的武器。莲娜这么勇敢的人不会用毒,如果她想杀拉特利,她会直接用刀刺杀,或者把他的头砍下来。她要杀人,一定是怒火攻心的时候。相信我。"

"你说的对。但我还是不明白,为什么菲利克斯对她那么冷酷?他为什么没有在拉特利被害后立刻告诉她日记的事?又为什么要当着你我的面对她讲出整个故事?"

乔治娅甩了甩头,将黑发甩到脑后。她看起来有点像一只聪明但忧心忡忡的猴子。

"他觉得人多更安全吧。"她说,"他一直没告诉她真相,因为如果她知道了真相,就会知道他接近她只是想利用她达成谋杀的目的——至少最初的动机是这样的。他是个敏锐的人,肯定发现了她有多爱他,所以不想这样伤害她。他应该是那种不喜欢冒犯他人的人,并不是害怕伤到他们,而是不想给自己惹麻烦。他讨厌尴尬又情绪化的场面,所以才要当着我们的面把整件事对莲娜和盘托出。我们在场能保证他不必立刻面对坦白的后果——无论是泪水、指责,还是承诺和其他一切。"

"你觉得他不爱她吗?"

"我说不好,他似乎在努力说服她或者自己——他并不爱他。我真希望自己并不喜欢他。"

"为什么?"

"你发现了吗?他和菲尔的关系真的很好。他是真的关心那孩子,菲尔也很敬仰他,就像敬仰一个真正的父亲。如果不考虑这一点——"

"你在怀疑菲利克斯的时候就不必面临良心的谴责了。"奈杰尔抢先说道。

"我真希望你不要随便猜测我想说的话,何况我并不是那个意思。"她抱怨道,"你就像个拿着金表的催眠师。"

"真有趣,你很可爱,我也很爱你,但这是你第一次当着我的面撒谎。"

"我没撒谎。"

"嗯,这是第二次撒谎。"

"不是!"

"好吧,你没有撒谎。为了表达歉意,请让我好好补偿你一番。"

"那太好了,当然,如果你没有什么其他要紧的事要做的话。"

"确实还有那本日记。我必须今晚读完,不过我可以等你睡觉的时候遮住灯光看。还有,我得找时间安排你和拉特利老夫人见面。她就是那种典型的古板贵族,如果你能找出她毒杀乔治的动机,我会很感激的。"

"我听过有人弑母,但杀害亲生儿子的案例应该很少见吧。"

奈杰尔默诵道:

我怕你是中毒了,伦德尔勋爵,我的儿子!
我怕你是中毒了,我英俊的青年!
是的!我中毒了,母亲,请为我铺床,
我太痛心了,宁愿舒服地躺下。①

乔治娅说:"我一直以为是伦德尔勋爵的恋人干的呢。"
"他也是那么以为的。"奈杰尔说道。

---

①出自一首古老的英国民谣《伦德尔勋爵》,讲的是贵族青年伦德尔与心上人外出打猎回到家,在母亲的追问下道出自己悲惨遭遇的故事。

8

"我真想找到那个瓶子。"第二天早晨，走向汽修厂的时候布朗特探长对奈杰尔说道，"如果是家里人藏的，肯定就在附近。拉特利服药之后，每个人都只有几分钟的时间能做这件事。"

"劳森小姐呢？她说她当时一直在打电话，你查证过了吗？"

"当然。我列了一张表格，写了每个人从晚饭后到警察出现的行动轨迹。每一份证词都做了交叉对比。每个人都有短短的几分钟能潜入餐厅拿走药瓶，但时间肯定不够他们把瓶子藏到很远的地方。科尔斯比的手下查了那栋房子、花园和附近方圆一百英里的区域，什么都没找到。"

"但拉特利先生不是长期服用这种药吗？其他吃完的空瓶子呢？"

"上周三被一个收垃圾的人拿走了。"

"听起来有点棘手啊。"奈杰尔轻快地说道。

"可不是嘛。"布朗特摘下警帽，用手搓了搓光滑的头顶，然后又把帽子戴正。

"如果你直接问莲娜她把药瓶藏在了哪儿，可以省下很多时间。"

"你知道我从来不会对证人严刑逼供。"布朗特说。

"撒这种弥天大谎,你也不怕天打雷劈吗?"

"你看日记了吗?"

"是的,有几处很有启发,你不觉得吗?"

"嗯,可能吧。那个拉特利先生在家里不太受待见,还和卡尔法克斯夫人不清不楚,我们只能查一步看一步了。但是,这些也很有可能是凯恩斯为了转移视线故意强调的。"

"我不觉得他在强调这件事,他只是一笔带过。"

"呵,他是个聪明人,不会做得太显眼的。"

"这些都很容易验证。事实上,我们现在已经能证明拉特利先生确实在家里横行霸道。他和那个讨厌的老太婆把所有人都压榨得够呛,除了莲娜·劳森。"

"这倒没错。所以你是想说,他是被他老婆或者哪个仆人毒死的?"

"我不是这个意思。"奈杰尔有些不耐烦地说,"我只是想说,菲利克斯在日记里对拉特利一家的描述相当准确。"

两人沉默地走向汽修厂。塞文布里奇的街道沐浴在阳光下,村民们站在美丽、脏乱但历史悠久的小巷口闲聊,并没有对商人模样的布朗特投去好奇的目光。即使他们知道他是苏格兰场最难缠的警探,也把情绪藏得很好。甚至当奈杰尔开始放声高歌《切维猎场之歌》①的时候,村民们也无动于衷,只有布朗特探长不胜其扰地加快了步伐。和警探不同,塞文布里奇的居民对有人突然开始在街上唱歌见怪不怪,虽然一般没人这么早就开嗓。在这个夏日周末,游览车和拥挤的游客让这个小镇见证了自玫瑰战争以来最热闹的场面。

---

①一首英国民间歌谣。

"你能别唱了吗？"布朗特探长终于绝望地说道。
"你不是在说我吧？这可是史上最棒的歌谣——"
"我就是在说你。"
"呃，那好吧。还剩最后五十八个小节我就唱完了。"
"我的老天爷啊！"饶是布朗特这个鲜少使用粗俗语言的绅士也绷不住了。

奈杰尔继续唱道：

> 然后他们穿越茂密的树林，
> 在他们的身旁，
> 是奔跑的猎犬，
> 追捕逃窜的小鹿。

"我们到了。"布朗特说着，匆匆走进汽修厂。汽修厂里，两个叼着香烟的技师正在争吵，旁边立了一个写着禁止吸烟的告示牌。布朗特说想见老板，技师就带他和奈杰尔去了办公室。探长问话的时候，奈杰尔仔细观察着卡尔法克斯。他个头不高，穿着整洁，样子不怎么显眼，光滑黝黑的皮肤说明他是个爱运动的人。卡尔法克斯有一种克制的幽默感和开朗的性情，充满了活力，却没有野心。他满足于当一个小人物，人缘好但很重视私人空间，有某种热衷的爱好，很可能对某个冷门的领域了如指掌，是一个优秀的丈夫和父亲。他看起来完全不是那种会杀人的类型，但外表往往具有欺骗性。像这种"小人物"，如果被惹急了，会变得像狐獴一样勇猛。对这种人而言，家就是他的堡垒，任何侵犯家园的举动都会遭到他的奋起反击。奈杰尔不禁想到了卡尔法克斯夫人，他很好奇……

"所以，"布朗特探长说，"我们询问了附近的所有药店，但是没有人购买过含士的宁的药物。当然，凶手很可能是从更远的地方购入的，我们也会顺着这个方向继续调查，但不得不说，他也有可能是偷了你们这里的老鼠药。"

"凶手？所以你们已经确定不是自杀或者意外了？"卡尔法克斯问。

"你觉得乔治有可能自杀吗？"

"呃，不。我只是在想……"

"他没有遇到经济上的困难吧？"

"没有，汽修厂生意还不错。就算生意不好，亏本的也是我，不是拉特利。当时购入的时候，是我付了全款。"

"是吗？原来如此。"

奈杰尔呆呆地望着手上的烟头，突然问："你喜欢拉特利先生吗？"

布朗特不赞同地摆摆手，仿佛想和这个一点也不专业的提问撇清关系。卡尔法克斯不为所动。

"你是想知道我们为什么会合伙吗？"他说，"战争时期他救了我的命，然后七年前我再见到他的时候，他遇到了一些麻烦。他妈妈的钱没了，所以我帮了他一把，只当是报恩了。"

虽然没有直接回答奈杰尔的问题，但卡尔法克斯已经表明了自己与拉特利合伙是因为报恩，而不是因为友谊。布朗特趁机夺回了谈话的主导权，例行公事地询问起卡尔法克斯先生周六下午的行程。

卡尔法克斯的眼中闪现出一丝讽刺的光。"当然，我知道，这只是例行询问。我在两点四十五左右去了拉特利家。"

奈杰尔的烟从嘴里掉了出来，他赶忙弯腰去捡。布朗特继续温和地问话，好像早就对此成竹在胸。

"是因为私事吗？"

"对，我是去见老夫人的。"

"哎呀，我没听说过这件事。我们问了仆人，但没人提到您下午去拜访过。"

卡尔法克斯的眼睛像蜥蜴一样闪着光，一眨不眨的。他说："不，他们不知道这件事。我是直接去老太太的房间找她的，她约我过去的时候说让我直接去找她。"

"约？所以你是去谈正事的吗？"

"是的。"卡尔法克斯有些阴沉地说道。

"商谈的内容与案件有关吗？"

"我认为无关，但可能也有人会觉得有关。"

"卡尔法克斯先生，我觉得您最好把详细的内容告诉我——"

"我知道，我知道。"卡尔法克斯不耐烦地说，"问题是，我们的谈话还涉及另一个人。"他沉思片刻，然后继续道，"你们会保密的，对吧？如果你们觉得这件事和案件无关——"

奈杰尔插话道："请不用担心，反正您要说的事情菲利克斯都写在日记里了。"他仔细观察着卡尔法克斯，后者看起来十分困惑，这份困惑是装出来的吗？

"菲利克斯·雷恩的日记？他能知道什么？"

奈杰尔无视了布朗特的瞪视，继续说道："该怎么说呢，雷恩发现拉特利先生十分倾慕您的夫人。"他的语气带有一些微妙的挑衅，想要惹恼卡尔法克斯让他吐露实情，但卡尔法克斯不为所动。

"看起来你已经知道了。"他说，"那好吧，我就长话短说了。我会把事实告诉你们，希望你们不要得出错误的结论。乔治·拉特利曾向我的妻子示好——这让她很开心,很着迷,很满足。任何女人都会这么想,毕竟乔治是个英俊的家伙。她可能和他调了调情,但没有更进一步。我没有过多干涉,因为如果你不信任自己的伴侣,就不该结婚。无论如何,这是我的看法。"

奈杰尔想:天哪,这个人就像个盲目又可敬的堂吉诃德。如果是装出来的,那他就是奈杰尔见过的最擅长伪装的人。当然也有可能是菲利克斯在日记里夸大了罗达和乔治的关系。

卡尔法克斯转动着手指上的图章戒指,仿佛照到了强光一样眯了眯眼睛,继续道:"最近乔治表现得比较过火,但其实去年他就对罗达完全失去了兴趣,转而去追求他妻子的姐姐了。至少大家都是这么说的。"卡尔法克斯面露歉意,"我没想八卦的。但显然一月左右,他和莲娜·劳森吵了一架,那之后乔治就开始加倍关心罗达。我还是没干涉,因为如果罗达真心喜欢他多过我——我指长远来看,我再怎么发作也是没用的。但这个时候乔治的妈妈开始介入了,她周六下午就是想找我聊这件事。她说罗达成了乔治的情妇全都怪我,问我到底有什么打算。我说我目前没什么想法,但如果罗达想要离婚,我会成全她。那个可怕的老夫人,唉,我一直不擅长应付她。她开始大吼大叫,说我被戴了绿帽子还自鸣得意,说我虐待罗达,说罗达会让乔治误入歧途——我认为这些话都荒唐透顶。然后她差不多算是命令我结束这场闹剧,我把罗达拉回家,只字不提整件事,她就能保证乔治未来不再骚扰我们。她对我发出了最后通牒——但我很讨厌有人这样指挥我,尤其是被一个自以为是的老女人指挥。我再次重申,如果乔治想要引诱我的妻子,那是他的问题,而如果罗达真的想离开我,和乔治开始新的生活,我会同意离婚。拉特利老夫人开始大谈特谈家族荣誉，说不能允许这等丑闻。她简直令人作呕，所以她还没说完我就离开了。"

卡尔法克斯说话的时候，奈杰尔同情地点着头，所以卡尔法克斯也就越说越多。布朗特感觉自己被排除在外了，而且事情越发脱离他的掌控。所以他开口的时候声音中带了一丝怀疑："很有趣的故事，卡尔法克斯先生。但你不得不承认，你的做法确实很，嗯，很不合常理。"

"嗯，可能吧。"卡尔法克斯漠不关心地回答道。

"你是说，你直接走出了那栋房子？"

布朗特强调了"直接"两个字，夹鼻眼镜后的眼神冷峻。

"如果你是想说，我有没有中途绕道把士的宁放进拉特利的药瓶里，那么答案是否定的。"

布朗特猛然问道："你怎么知道毒是下到药瓶里的？"

遗憾的是，卡尔法克斯并没有被这句话动摇。"仆人们喜欢闲聊。拉特利家的客厅女仆告诉我们家的厨师，警察为了找一瓶消失的药忙翻了天，我只是稍稍做了一下推理。这么简单的结论，就算我不是警探也很容易就能得出。"

卡尔法克斯的口吻中有一丝戏谑。

布朗特用一种官方的口吻说道："我们还是聊聊你的不在场证明吧，卡尔法克斯先生。"

卡尔法克斯先生回答道："我可以指出两点，能够帮您省下很多时间和精力。相信您其实已经意识到了。第一，即便您不理解我对乔治和罗达的态度，您也不能随便臆测我是在撒谎。因为拉特利老夫人可以替我证明这部分证词的真实性。第二，您可能会觉得我只是在用这种态度来掩饰真正的情绪和意图——让乔治和罗达结束他们的关系。但是您要知道，如果我想达成目的，根本不需要谋杀乔治。毕竟这个汽修厂是我全额购入的，如果我想让乔治停手，完全可以用汽修厂的合伙关系威胁他。钱和爱情，他只能选一个。"

结束这番精彩的论述之后，卡尔法克斯放松地坐回椅子里，饶有兴味地看着布朗特探长。布朗特的二次出击也被他冷静理智地驳回了。卡尔法克斯看起来甚至有几分享受，布朗特得到的唯一信息就是卡尔法克斯的不在场证明几乎无可动摇。

离开汽修厂后，奈杰尔说："哎呀，哎呀，哎呀，大名鼎鼎的布朗特探长终于棋逢对手了，卡尔法克斯真是把我们噎得一句话都说不出来。"

"他很冷静。"布朗特闷声道，"找不出破绽，可能有点太过完美了。你还记得吗？凯恩斯先生的日记里写过，卡尔法克斯和他聊过毒药的事情，我们走着瞧。"

"所以你现在没那么怀疑菲利克斯·凯恩斯了，是吗？"

"我只是在努力保持思路开阔，斯特兰奇韦斯先生。"

9

就在布朗特一头撞进卡尔法克斯这个死胡同的时候，乔治娅和莲娜正坐在拉特利家网球场的草坪上。乔治娅本来是想看看有什么自己能帮上忙的地方，但最近这一两天，维奥莱特脱胎换骨，变得很自信、很有主见，现在的她能以一己之力应对任何挑战。而拉特利老夫人的权威则退回到了自己房间的四壁之内。莲娜说："虽然这么说不太好，但乔治死后小维简直变了一个人，变得很平和。唉！我表达不好，但总之，看着现在的小维，你根本想象不到她居然逆来顺受了十五年！'好的，乔治''不，乔治''哦，乔治，请你不要——'现在乔治被毒死了，谁知道警察躲在哪里监视我们呢？"

"哦，他们不至于那么——"

"为什么不会？我们所有人都有嫌疑——所有生活在这座房子里的人。菲利克斯显然在努力把自己送上绞刑架，但我一点都不信他能下得去手。你知道他昨天晚上和我说了什么吗？"她停顿了片刻，压低了声音继续道，"我真希望我能明白——唉，不管了！菲尔今天怎么样？"

"我走的时候，他正在和菲利克斯读维吉尔，看起来挺开心的。我不太了解这孩子，他有时候看起来很活跃，下一秒又像个牡蛎一样把嘴闭得紧紧的。"

"读维吉尔！太高深了，我不懂。"

"至少能帮他转换一下注意力，我觉得算是好事。"

莲娜没有回答。乔治娅抬头看向天上的流云，咔嚓咔嚓的声音打断了她的思绪。她低头看去，只见莲娜正用那双被晒伤的柔软小手把草连根拔起，再狠狠地撕碎，扔回草坪上。

"原来是你。"乔治娅说，"我刚才还以为跑来了一头牛。"

"你要是经历了这种事，你也得开始吃草！我快要被这事折磨疯了——"莲娜转向乔治娅，肩膀猛烈地起伏着，眼中燃起怒火，"我这是怎么了？告诉我，我出了什么毛病？是我做错了什么吗？"

"你没有做错什么啊，你在说什么？"

"那为什么所有人都在避开我呢？"莲娜开始变得有些歇斯底里，"尤其是菲利克斯和菲尔。以前我和菲尔关系挺好的，现在他只要看到我就会找个角落躲起来。但无所谓，我能接受。我不能接受的是菲利克斯！我怎么会爱上他？那么多可供我选择的男人，我偏偏爱上了他！唯一一个不爱我的男人！他只想利用我达成目的……不，肯定不是这样的，菲利克斯是爱我的。爱是不能伪装的，也许女人能装出来，但是男人不能！我们之前明明那么快乐，即便在事件发生之后，我开始怀疑他的时候，我也不想——我宁愿什么都不知道！"

之前的莲娜就像个标准的女明星，漂亮却头脑空空。然而现在，当她忘却了要维持姿态、妆容，当她忘却了作为明星的素养后，她反倒变得更美了。她冲动地抓住乔治娅的双手，急迫地继续说道："你也看到了，昨天晚上无论我怎么请他单独和我出来，他都不愿意。我最初以为是因为那本日记，因为他怕我发现他一直在利用我。但是他竟然当着大家的面把日记的事情说了出来，这不再是我们两人之间的秘密了。然后今天早上我打电话给他，告诉他我不介意，我还爱他，希望能帮他，但他只是礼貌地拒绝了我，说我们最好不要再见面了。我不明白！我快要被折磨疯了，乔治娅。我本以为自己是个有尊严的人，而现在我却跟在他身后团团转，像个该死的乞丐一样……"

"亲爱的，我知道，你现在肯定心碎得快死了。但我不会担心尊严问题，自尊心就像是情绪中的奢侈品，昂贵又无用，最好还是早点丢掉。"

"我不是在担心这个问题，我是在担心菲利克斯！我不在乎他到底杀没杀乔治，但我希望他不要这么残忍，把我的心也杀死。你觉得警察会逮捕他吗？一想到警察随时可能把他抓起来，而我可能会再也见不到他，我就觉得现在这样就是在浪费人生，难受得要命。"

莲娜哭了起来。乔治娅等她平复，然后温柔地说道："我和奈杰尔都不认为是他干的。偷偷告诉你，我们会帮他脱身的。但要救他，我就得知道全部实情。他可能真的有什么理由不能见你，也可能只是骑士情怀作祟——他可能不想把你也卷进来。但如果你知道什么，一定不能藏在心里，那样不会有好结果的。"

莲娜把手放在膝上，愣愣地看着前方。"太难了，因为这件事不光跟我一个人有关。隐瞒证据的话，是不是也会被送进监狱？"

"如果跟案件直接有关的话，确实有可能。但冒险是值得的，不是吗？你是在说消失的药瓶吗？"

"你可以保证，不要告诉除你丈夫之外的任何人吗？如果他要告诉谁的话，一定要提前和我商量。"

"当然。"

"好，那我说了。我一直没有说其实是因为……这件事涉及到的另一个人是菲尔，而我一直很喜欢他。"

莲娜·劳森开始讲述事件经过。一切都始于一场餐桌谈话。那天晚上餐后，他们聊起了人是否有权杀害另一个人，菲利克斯说他认为那些危害人间的恶棍活该被处死。她当时没怎么在意这句话，但后来，当乔治中毒，痛苦地喊出菲利克斯的名字时，这句话又突然出现在了她的脑海中。她走进客厅，看到了那个药瓶，乔治在隔壁呻吟，她顿时将药瓶和菲利克斯那晚说的话联系到了一起。这毫无道理，但在那个瞬间，她十分确信就是菲利克斯毒死了乔治。她当时只想快点处理掉那个药瓶，却没想到她恰好也处理掉了能证明乔治是自杀的唯一证据。她拿起瓶子，走到窗边，想把药瓶扔进树丛中。就在这时，她看到了窗外的菲尔。男孩直直地盯着她，鼻子贴在窗玻璃上。与此同时，她听到拉特利老夫人喊她回起居室。她打开窗，把药瓶交给菲尔，让他把瓶子藏起来。没时间做更多解释了，她至今仍不知道菲尔把药瓶藏在了哪儿，每次她想找他说话的时候，他都会躲到一边。

"这下原因就很明显了，不是吗？"乔治娅说。

"很明显？"

"你让菲尔藏起药瓶，他看见你当时很焦急的样子，然后他爸爸就死了，警察到处在找药瓶。你觉得他会得出什么样的结论？"

莲娜震惊地看着她，突然呛出了一声彷如哭声的大笑，眼泪流了下来。"天哪！这太糟糕了！菲尔觉得是我杀了乔治？我——这简直糟透了！"

乔治娅起身扶住莲娜，使劲摇晃莲娜的肩膀，直到那头耀眼的金发荡过她的一只眼睛，歇斯底里的大笑终于停止。莲娜把头埋在乔治娅胸口，乔治娅抬头望去，只见一个人影正透过窗户看着她们。那是一张肃穆、严厉的面孔，一个古板的贵族。她的嘴抿成一道细细的线，露出不赞同的表情，像是在指责她们的笑声破坏了宅子的幽静。她站在那里，就像一尊冰冷的复仇女神，像一个刚刚接受了血祭的恶神。

10

奈杰尔回到旅店吃午饭的时候,乔治娅把自己打听到的消息告诉了他。

"这下就说得通了。"他说,"我一直觉得是莲娜藏起了药瓶,但是不明白她为什么会默不作声,考虑到药瓶失踪只会让菲利克斯的处境变得更艰难。这么看来应该也不是自杀,嗯,我们得和小菲尔谈谈了。"

"我很庆幸我们把他从那个房子里带出来了。今天早上我看到拉特利老夫人了,她站在窗边俯视我们,简直像是耶洗别[1]——不,其实更像我之前在婆罗洲见到过的巫医,孤零零地坐在雨林中间,膝盖上沾满血水,非常骇人。"

"当然,当然。"奈杰尔微微颤抖了一下,"其实,我对那个老妇人也有一些猜想。但她好像又太明显了,就像侦探小说里作者故意放出的红鲱鱼[2]。如果这是一本侦探小说的话,我会把宝压在卡尔法克斯身上。他太干净了,让我觉得他把我们都耍了。"

---

[1] 耶洗别,是古以色列国王亚哈的妻子。据《列王记》记载,她大兴崇拜异教神的庙宇,而且杀害无辜的众先知,迫害著名先知以利亚,并置之于死地。
[2] 指误导性线索。

"伟大的加博里欧①说过,'怀疑最明显的人,相信最可疑的人',对吧?"

"如果他真的这么说过,那他就是个傻子。我从来没听说过这么不切实际又廉价的悖论。"

"为什么呢?谋杀本来就很不切实际,不是吗?除了仇杀以外,其他的谋杀都很异想天开。根本没必要从现实出发去推理,因为那些杀人犯都不是现实主义者。如果是的话,他根本就不会去杀人。而你之所以能当名侦探,也是因为你人生的大半时间都处于精神错乱的状态。"

"你这个心血来潮的评价非常不恰当。顺带一提,你今天早上见到维奥莱特了吗?"

"就瞥到了一下。"

"我只是在想,上周她到底和乔治说了什么?我们昨天把菲尔带出来的时候,老太太似乎在极力暗示些什么。我又需要依赖你的女性直觉了。"

"请问,你到底要利用我煽风点火到什么时候?"

"点火,是的,亲爱的,你非常擅长点燃欲火,即便你看起来强硬又冷酷,这令我百思不得其解。"

"厨房才是女人的阵地,从此我就要在那里扎根了,你休想把我卷进你那些破事。如果你想破坏人家的关系,就自己去吧!"

"你是在对我发起政变吗?"

"是又如何?"

"哦,我只是问问。顺便,厨房就在楼下,第一个拐角左转,然后右转……"

---

① 埃米尔·加博里欧(1832—1873),法国侦探小说作家,代表作有《被诅咒的房子》《走火入魔的爱》。

午饭后，奈杰尔带菲尔去了花园。小男孩很有礼貌，奈杰尔等他心不在焉的时候趁机发起了谈话。菲尔脸色苍白，胳膊腿细得令人心疼，眼中不时闪现出悲伤的神色——这让奈杰尔不忍开口。但是他明显在隐瞒什么事情，这又让奈杰尔跃跃欲试。

奈杰尔本不想问得这么突兀的，但话语已经脱口而出："菲尔，你把那个瓶子——就是那个药瓶——藏在哪儿了？"

菲尔直直地看向他，满脸无辜。"但是我没有把瓶子藏起来，先生。"

奈杰尔几乎就要相信了，但他突然想起了一个当老师的朋友，迈克尔·埃文斯。这个朋友以前告诉过他，一个聪明的孩子在撒谎的时候肯定会直视你的眼睛。于是他狠下心来。

"但是莲娜说她把瓶子给你了，让你藏起来。"

"是吗？所以你想说，她不是——"菲尔咽了下口水，"毒死我父亲的人？"

"不，当然不是。"

菲尔的情绪沉重而克制，根本不像这个年龄的孩子会有的反应。看到这样的菲尔，奈杰尔只想抓住始作俑者让他付出代价。奈杰尔必须时刻提醒自己，菲尔是一个深受折磨、被吓坏了的孩子，并不像他表现出来的那样成熟。"当然不是。我很佩服你愿意这样保护她，但是现在已经没有这个必要了。"

"如果不是她做的，她为什么要让我藏起瓶子？"菲尔皱紧眉头，问道。

"这个不用你担心。"奈杰尔草率地说。

"我当然会担心！我已经不是小孩了，你应该告诉我原因。"

奈杰尔能看得出来，男孩那聪慧但青涩的头脑已经开始在尝试推理。他决定告诉菲尔实情，这个举动可能会导致无法预料的后果,奈杰尔也不知道会发生什么。

"事情很复杂。"他说,"莲娜是想保护另一个人。"

"谁?"

"菲利克斯。"

菲尔的脸色沉了下来,就像一汪被阴影笼罩的灰色池塘。奈杰尔心想:谁要动摇纯真的信念,将永远被埋在陈腐的墓穴中。① 菲尔转向他,抓紧了他的袖口。

"这不是真的,对吧?我知道这不是真的!"

"嗯,我也不认为是菲利克斯做的。"

"警察呢?"

"总的来讲,警察会先怀疑所有人。但是菲利克斯太不小心了。"

"你不会让他们抓他的,对不对?你能和我保证吗?"菲尔急切又真挚的样子忽然间让他看起来像一个小女孩。

"我们会照顾好他的,"奈杰尔说,"你不用担心,但是我们要先找到药瓶。"

"在房顶上。"

"在房顶上?"

"对,我带你去拿。来吧。"菲尔急忙拉起奈杰尔,一路冲回拉特利家的房子。奈杰尔被逼着跑上两层楼,爬上梯子,终于来到阁楼的时候已然气喘吁吁。菲尔指着通往房顶的窗户,说:"就在下面的排水沟里,我爬下去拿。"

"那可不行!我可不想你摔断脖子。我们去找个梯子,靠墙立起来。"

---

① 引自威廉·布莱克《天真的预言》。

"真的没事的,先生。我经常在房顶上爬来爬去,你只要把鞋脱掉就是小菜一碟,而且我还有一根绳子。"

"你是说,你周六晚上摸着黑爬到那里藏起了瓶子?"

"其实也没有那么黑。我原本想栓个绳子把药瓶放下去,但那样我就得丢掉绳子,万一绳子垂下墙壁被人发现就糟了。"

菲尔不知什么时候从放在阁楼的一个破旧的皮制格拉斯顿包里拿了一根绳子,系在了腰上。

"确实是个很好的藏匿点。"奈杰尔说,"你是怎么想到的?"

"我们在这儿弄丢过一个球。当时我和爸爸在草坪上拿网球当板球玩,他把球打到了房顶上,卡在了排水沟里。然后他就从这个窗户爬出去捡球,妈妈当时吓坏了,还以为他会跌下去。但他——他很擅长攀爬,他以前用这根绳子登过阿尔卑斯山。"

这个瞬间,奈杰尔觉得自己摸到了某种关键,却搞不清那究竟是什么。他会想起来的,他的记忆一向很好,即便毫不相干的细节也会被好好地储存在大脑里。他的大脑从未背叛过他。但此时,菲尔顺着烟囱爬下的模样让他心惊胆战。男孩消失在了房顶的那端。

那根绳子真的可靠吗?该死的,他腰上系着绳子,理论上很安全。但他打的结会散开吗?他怎么去了那么久?真是个奇怪的孩子。他会不会故意解开绳子跳下去?如果他觉得——

忽然响起了一声尖叫,紧接着就是沉默。奈杰尔浑身的神经绷紧,惊恐地等待着落地的声音。但是和他想象的不同,他只听到了一声极其轻微的动静。当他看到菲尔沾满灰尘的脸从房顶那端冒出来时,终于忍不住大声斥责道:"你真是个小浑蛋!你怎么会把它弄掉了?我们应该用梯子的,但是不,你一定要炫耀一番!"

菲尔略带歉意地咧了咧嘴。"抱歉，先生，瓶子有点滑，我一个没抓住就掉下去了……"

"算了，没事。这也是无可奈何，我得去把碎片捡起来。对了，那个瓶子是空的吗？"

"不是，是半满的。"

"老天！这附近有猫或者狗吗？"奈杰尔刚想冲下楼，菲尔就在他身后发出了一声惊呼。原来是他身上的绳子系得太紧了，解不开。于是奈杰尔不得不又浪费了两分钟帮他解开绳子。赶到草坪的时候，奈杰尔已经满心烦躁，还有一点担心。大半瓶士的宁洒在草地上，这可不是什么好事。

不过，看样子他不用担心了。因为戴着警帽的布朗特探长正蹲在草坪前，用一张手帕沾碎瓶中的液体，他身旁的人行步道上有序地陈列着一些碎玻璃片。见奈杰尔走来，他抬起头责问道："你这瓶子差点砸到我，你们两个到底在搞什么？"

菲尔在奈杰尔身后倒吸了一口冷气。他像一阵热风般冲过来，扑打着布朗特探长，想要把手帕抢过来。男孩眼底燃着漆黑的怒火，整个人都像被小恶魔附身了一样。布朗特的警帽被打歪了，夹鼻眼镜也掉了下来，但他抓住男孩的臂膀，把他推回给奈杰尔的时候看起来却并不生气。

"你最好带他进去洗手，他手上可能沾了那玩意。菲尔少爷，您下次得找个和自己体型相当的人动手。还有，斯特兰奇韦斯先生，你带他洗完手后过来找我，我有话想和你说。你可以让他妈妈帮忙照看一阵。"

菲尔听话地走回屋里，看起来失魂落魄，就像一只正在做噩梦的小狗。奈杰尔不知道该说些什么。他总觉得就在刚刚，还有什么东西也被打碎了，而且碎了就很难再拼起来。

11

奈杰尔再次走出房子的时候,布朗特正把摔碎的瓶子和沾了液体的手帕交给同事。剩下的液体被收集到了一个盆里。

"幸好土壤够坚硬。"布朗特心不在焉地说道,"不然我们就得把草皮挖出来了。这肯定就是那个药了。"他非常谨慎地用舌尖触碰了一下手帕,"苦的。我很感激你能找到它,但也没必要砸在我头上吧?多用心,少用力,斯特兰奇韦斯先生。那个小家伙刚才发什么疯?"

"哦,他有点难过。"

"我发现了。"布朗特干巴巴地回道。

"瓶子的事我很抱歉。菲尔说他把药瓶藏在了屋顶下方的排水沟,我竟然就让他直接爬下去拿了。他把自己用绳子系在了烟囱上,然后滑掉了——我是说瓶子,不是菲尔。"

"谢天谢地他没事儿。"布朗特有些烦躁地拍拍裤腿,戴好夹鼻眼镜。他领着奈杰尔来到药瓶掉落的地点。"看啊,如果他手滑了,瓶子肯定会掉到那边的花坛里。但是真正的掉落地点是人行道附近,所以他一定是故意把瓶子扔出去的。所以你不介意的话,咱们避开这栋房子找个地方,你得好好跟我说明白。"

奈杰尔说了莲娜对乔治娅坦白的事情,然后说了那晚菲尔是怎么爬上房顶藏药瓶的。"菲尔是个很聪明的孩子，他肯定是觉得那个瓶子会让菲利克斯身陷困境。乔治娅说，那孩子很崇拜菲利克斯，但他已经和我说了藏瓶子的地点，所以为了保护菲利克斯，他只能把瓶子扔掉，然后装作被绳子绊住，拖延时间。他想让药水渗进地面。对一个小孩来说，这是个聪明且符合逻辑的计划。和很多孤独的孩子一样，他一方面会有强烈的护短心理，一方面又对陌生人极其警戒。我告诉他那个瓶子不会给菲利克斯带来麻烦，但他并不相信我。他可能以为是菲利克斯毒死了他父亲，想要保护菲利克斯。所以当他看到你的时候，他知道计划失败了，才会气急败坏地扑上来。"

"嗯哼，这也是一种解释。那小子胆量不小，居然敢爬到屋顶上！无论有没有绳子，我都不行，我向来不喜欢高的地方，毕竟我恐高——"

"恐高！"奈杰尔惊呼，眼睛忽然亮了起来，"我就知道我能很快想起来！天哪，我们终于有进展了！"

"啊？"

"乔治·拉特利有恐高症，又没有恐高症。他害怕悬崖下的采石场，却不害怕阿尔卑斯山。"

"如果你是在说谜语的话——"

"这不是谜语，是谜题的答案！或者，可以说是着手解答的突破点。现在闭嘴，让你的奈杰尔叔叔理清思绪。你还记得吗？菲利克斯·凯恩斯在日记里写过，他和乔治去科茨沃尔德的时候，路过了一个悬崖底下的采石场。他当时准备把乔治推下悬崖，伪装成一起意外，但是乔治没上套，因为他说自己有恐高症。"

"对，我记得。"

"刚才和菲尔在阁楼的时候，我问他为什么会想到把药瓶藏在屋顶上,他说是因为有一次他父亲把球打到了那里,只好爬出去取球,他还说他父亲攀登过阿尔卑斯山!所以,你看出来了吗?"

布朗特紧紧抿着嘴,眼中闪着精光。"这说明,菲利克斯·凯恩斯因为某种原因在日记里撒谎了。"

"但是,为什么呢?"

"我待会儿就去问他。"

"但是,他的动机是什么呢?日记是写给自己看的东西,他有什么必要跟自己撒谎呢?"

"好了,斯特兰奇韦斯先生,你肯定也觉得他确实撒谎了。因为乔治·拉特利没有恐高症。"

"确实,这一点我同意你的说法。但我不认为这是菲利克斯撒的谎。"

"不,等等,但是他确实——他写在日记里了!你想说什么?"

"我想说,撒谎的人是乔治·拉特利。"

布朗特目瞪口呆。他的表情就像是一个刚刚听说英国银行行长做了假账的银行职员。

"等等,斯特兰奇韦斯先生,你不是真的想让我接受这个观点吧?"

"千真万确,布朗特探长。我认为拉特利先生早就开始怀疑菲利克斯了,他还和另一个人商量过这事情。我认为,这个人就是真正的凶手,躲在菲利克斯身后,伺机而动。现在,我们假设拉特利先生本来就有点怀疑菲利克斯,所以选了那个地方作为野餐地点。人们去野餐的时候往往会选择常去的地点,他肯定早就知道那里有个采石场。菲利克斯站在悬崖边,喊乔治过来看某样东西,乔治听出了他声音里的焦躁,或者看出了

173

他神态不自然，于是疑心大起。他会觉得，也许菲利克斯真的想把他推下悬崖。即便乔治真的像日记里写的那样，直到菲利克斯提起才得知那里有个采石场也是一样的。无论如何，乔治都不能当场验证自己的怀疑，因为他没有证据。他要在找到切实的证据之前，装作毫不知情的样子。但是他不能冒险走到悬崖边，他必须想出一个不会被怀疑的借口。然后他灵机一动，说：'抱歉，我有恐高症。'这正是擅长登山的人最容易想到的借口。"

一段漫长的沉默之后，布朗特说："我不否认这确实也有可能。但是你的理论就像一张蜘蛛网，虽然编织精巧，却不防水。"

"蜘蛛网也不是用来防水的，"奈杰尔反驳道，"而是用来捕虫的。如果你没有把所有时间都用在检查血迹和杯底的水渍，而是多了解一些自然知识的话，就会明白这一点。"

"那么请问，你的这张网抓到了什么虫子呢？"布朗特的眼中闪着怀疑的光。

"我的猜想基于一个重要的论点：有第三个人了解弗兰克·凯恩斯的计划或目的。这个人有可能是自己发现的，但这种可能性不大，毕竟菲利克斯把日记藏得很好。但是如果乔治一开始就对那个人说过自己的怀疑呢？你觉得乔治最有可能对谁说起这件事？"

"猜来猜去也没什么用，不是吗？"

"我不是想让你猜，我是想让你动动你眉毛后面的大脑。"

"行吧。首先，他不太可能和妻子说，因为他看不起她。莲娜也不太可能，卡尔法克斯说过他们两个决裂了。他可能会和卡尔法克斯说吧。不，我还是觉得他最有可能和他妈妈说，他们关系很好。"

"你忘了还有一个人。"奈杰尔坏笑着说道。

"谁？你该不会想说是那小子——"

"不。罗达·卡尔法克斯，她和乔治——"

"卡尔法克斯夫人？你是不是在拿我寻开心？她有什么道理杀拉特利呢？再说了，她丈夫说她从来不去汽修厂，所以她没机会拿老鼠药。"

"'她丈夫说'——真的可信吗？"

"我还有证据。虽然理论上她有可能趁夜潜进去拿药，但她周六下午有不在场证明。她不可能有机会下毒。"

"有的时候我觉得你也能当一个名侦探，原来你一直注意着罗达的行踪。"

"但这些只是例行调查罢了。"布朗特受宠若惊地说道。

"例行调查也是调查。其实我也没觉得是罗达，就像你说的，拉特利老夫人嫌疑更重。"

"我可没这么说。"布朗特硬邦邦地回道，"我主要怀疑菲利克斯·凯恩斯，我说那些只是因为——"

"好的，我会把你的推测纳入考量的。但我们先来看看拉特利老夫人。你读过凯恩斯的日记，你看出她有任何可能的动机了吗？"

布朗特探长换了个更舒服的姿势坐在椅子里。他拿出烟斗，并没有点燃，而是若有所思地摩擦着表面。

"那个老妇人很注重家族荣誉，对吧？凯恩斯在日记里写到，她觉得'为了荣誉杀人并不算谋杀'。而且，凯恩斯曾经听到她让小菲尔'无论发生什么事'都'永不为你的姓氏感到羞耻'，但这些都不能算是强有力的证据。"

"单独来看的话确实如此,但如果加上她的不在场证明就不同了。周六那天,乔治回来之前她和维奥莱特都在家里,而且她了解乔治和罗达的事情。"

"你是怎么得出这个结论的?"

"那天下午,她让卡尔法克斯管住罗达,想遮掩丑闻。当卡尔法克斯说自己愿意顺从罗达的想法离婚时,她大为光火。如果那就是老太太最后的尝试,如果她决定宁可杀了乔治也不希望婚外情的丑闻传出去,给家族抹黑呢?她恳求乔治不要再和罗达鬼混,也恳求卡尔法克斯采取行动,可两次尝试均以失败告终。所以,她才转而求助士的宁。你觉得这个推论如何?"

"确实,我也想过这种可能性,但这个推测有两个致命的缺陷。"

"哦?"

"第一,母亲真的会为了保护家族荣誉杀害自己的孩子吗?这听起来太异想天开了,我不喜欢。"

"一般情况下是不会的。但拉特利老夫人是一个真正的贵族,她的观念已经扭曲了,大脑异于常人,不能用常理来衡量。她是个暴君,重视家族荣誉高于一切,生长于维多利亚时代的她认为性丑闻就是最恶劣的丑闻。把这三点结合起来,她就有可能杀人。你说的第二个缺陷是什么呢?"

"你认为乔治把对菲利克斯的怀疑告诉了他妈妈。你说,凶手知道菲利克斯的计划,下毒只是备用方案。但如果拉特利老夫人只是把下毒作为劝说失败后的备用方案,她肯定会早些去找卡尔法克斯谈话,而不是等到谋杀当天。毕竟,就算她成功说服了卡尔法克斯,乔治还是有可能死在河里。这说不通。"

"你把我的两种假说搞混了。我确实说拉特利老夫人和乔治都可能知道菲利克斯的计划,但乔治也许和母亲商量过,要在拿到确凿证据之前装作不知情的受害者。关键时刻他会告诉菲利克斯日记在律师手里,以此扭转局势。乔治不会让自己被淹死,他妈妈也知道这一点。所以如果和卡尔法克斯的谈判破裂,她就一定会下毒。"

"嗯,好吧,确实有这种可能。唉,这案子真离奇。拉特利老夫人、维奥莱特、卡尔法克斯和凯恩斯都有机会和动机杀害乔治。劳森小姐也不例外,不过她虽然有机会,却没有动机。最糟糕的是他们都没有完整的不在场证明,连分析都无从着手。"

"罗达·卡尔法克斯不是有吗?"

"她没有机会。罗达从上午十点半到晚上六点都在切滕汉姆参加一场网球比赛。然后她去和朋友聚餐,直到晚上九点之后才回来。当然,我们还在验证她的证词,但目前为止没有证据表明她能回来下毒。那不是一场大型网球比赛,她不在赛场上就在裁判台上,或者和熟人聊天。"

"看起来我们得先排除她的嫌疑了。你接下来打算做什么?"

"我要去找拉特利老夫人谈话,你把那个瓶子砸下来之前我就是来干这个的。"

"我可以一起吗?"

"可以,但你要记得把嘴闭上。"

12

这是乔治第一次有机会仔细观察拉特利老夫人。上次见面的时候维奥莱特也在，场面很混乱，让人无法静下心来观察。现在，艾瑟尔·拉特利夫人就站在屋子中央，穿着一身厚重的黑色长袍。她伸出手，就像一尊死亡天使的雕像。她神情肃穆，除了表面上的悲痛外，没有流露出丝毫的痛苦、愧疚、同情或恐惧。她就像一个石头做的人，奈杰尔觉得她内心深处一定是一片冰冷的荒原，死气沉沉。和她握手的时候，奈杰尔发现她小臂上有一颗痣，痣上长着汗毛，看起来不太美观，却是她身上最贴近人类的特征。她朝布朗特探长点点头，走到椅子旁坐下。瞬间，幻象褪去，她不再是死亡天使了，不再是漆黑的暗影了。她变成了一个颤颤巍巍的老太太，瘦弱的双腿几乎无法支撑身子。忽然，拉特利老夫人说话的声音唤回了奈杰尔发散的思绪。她端坐在椅子上，手心朝上放在膝头，对布朗特说："探长，我认为这件事是一次悲伤的意外。这样结案对大家都好。所以，我们已经不再需要您的帮助了。您什么时候能让其他警察从我家撤离？"

布朗特并不是一个会被轻易动摇的人，即便惊讶，他也绝不会让情绪表露出来。但就在此刻，听老太太说完这句话，他惊讶地微微张开了嘴。奈杰尔拿出了香烟,但很快又收了起来。疯狂,太疯狂了。过了一会儿,布朗特终于找回了声音。

"您为什么会觉得这是一起意外?"他礼貌地问道。

"我儿子没有仇家,拉特利家的人不可能自杀,所以,意外是唯一的解释。"

"夫人,您的意思是,拉特利先生是不小心把致死剂量的老鼠药放进了自己的药瓶里,然后服下的吗?您不觉得这有些荒谬吗?他为什么会犯一个这么显而易见的错误?"

"我不是警察,先生。"她冷冷地说道,"查明细节是你们的工作,我只是希望你们加快速度。您应该能看出来,家里都是警察,生活很不方便。"

奈杰尔想,乔治娅肯定不会相信的!明明谈话的内容这么可笑,大家却一脸严肃。布朗特语调柔和,但表情略带威胁地说道:"您为何这么着急呢,夫人?为什么如此急于把案件归为意外?"

"当然是因为我希望维护家族荣誉。"

"您在乎荣誉多于正义?"布朗特漠然地说。

"您这么说,未免太过傲慢无礼了!"

"您这样指挥警察的工作,不也是傲慢无礼的表现吗?"

奈杰尔几乎忍不住要拍手叫好,布朗特罕见地爆发了一回。听到探长意料之外的反驳,老妇人的脸变得通红。她低头看向箍住手指的婚戒。

"您说正义,探长?"

"如果我说,我们可以证明您的儿子是被谋杀的,您难道不希望将凶手绳之以法吗?"

"谋杀?你们能证明?"拉特利老夫人语气呆滞、沉重地重复道,然后声音又突然变得尖锐起来,"是谁?"

"目前我们还没有抓到凶手。但有了您的帮助,相信很快就会有所进展。"

布朗特再次复述了周六晚上的事件经过,奈杰尔的注意力则被一张照片吸引了。照片摆在一张肾脏形状的桌子上,裱在带花卉图案的金框里。相框两侧是各种奖杯,还有随意摆放在高脚花瓶中的玫瑰永生花,花瓣已摇摇欲坠。但这些古董并没有吸引奈杰尔的注意力,他的全部精力都集中在照片里的男人身上。男人很年轻,穿着一身军装,应该是艾瑟尔·拉特利的丈夫。脸上浓密的胡须也无法掩盖他精致的容貌,他看起来优柔寡断、多愁善感,有种易碎的特质。比起军人,他更像一个诗人。最惊人的是,他长得和菲尔很像。奈杰尔觉得,如果自己处在他的位置,在"与拉特利老夫人共度余生"和"于南非战死"中大概也会选择后者。但是——他的眼神真的很奇特,人们都说疯狂会隔代遗传,菲尔是这个男人和艾瑟尔的后代,难怪他总是那么神经兮兮,可怜的孩子。奈杰尔觉得,也许自己应该找时间调查一下这个家庭的历史。

布朗特探长说:"您在周六下午约见了卡尔法克斯先生?"

老妇人的脸色沉了下去。奈杰尔不情愿地抬起头,还以为会看到乌云遮住阳光,但屋里的窗帘是拉上的。

"是的。"她说,"但这件事与你无关。"

"有没有关系,要由我来判断。"布朗特坚持道,"您不愿告诉我谈话的内容吗?"

"是的。"

"您是否承认,您当时要求卡尔法克斯先生制止他妻子与您儿子的交往?您是否指责他故意纵容事态发展?当他表明自己愿意顺从妻子的意思与之离婚后,您是否对他恶语相向?"

听到探长的描述,拉特利老夫人的脸色涨得发紫,表情开始扭曲。奈杰尔以为她会哭出来,但她只是愤怒地说道:"那个男人就是个拉皮条的,我也是这么对他说的!丑闻发生已经很糟糕了,他却在暗中鼓励!"

"如果您这么反对这件事,为什么不和您儿子谈谈呢?"

"我和他聊过了,但是他性子很倔强——恐怕是继承了我们家的性格。"她有些自鸣得意地说道。

"您觉得卡尔法克斯先生是否因此对您儿子怀恨在心呢?"

"什么?不——"她说到一半停下了,眼中再次闪过那种狡猾的光芒,"至少我没有注意到。但是,我当时很焦躁,他的那种态度也确实很奇怪。"

真是个老毒妇,奈杰尔想道。

"我了解到,谈话后卡尔法克斯先生直接离开了您家。"就像之前和卡尔法克斯谈话的时候一样,布朗特强调了"直接"两个字。

这是一个诱导性提问,真调皮,奈杰尔又想道。

拉特利老夫人说:"是的,我想应该是。不,等等,现在回想起来他应该没有直接离开。我当时站在窗边看着,他是几分钟之后才走出房门,出现在人行步道上的。"

"想必您儿子和您说起过菲利克斯·雷恩的日记?"布朗特玩了个小把戏,趁谈话对象注意力在别处的时候抛出关键问题,可惜并没有奏效。拉特利老夫人石像一般的外表并没有变化。

"雷恩先生的日记?我不明白你在说什么。"

"您儿子难道没告诉您吗?雷恩先生曾在日记里坦言要杀死他。"

"不要冲我大声喊,探长先生。我真的受不了有人对我这样说话。不过,您说的事情太匪夷所思了……"

"这是事实,夫人。"

"如果真是这样,那您最好赶快结束这场毫无意义的谈话,去逮捕雷恩先生。"

"我们一件一件来,夫人。"布朗特同样板着脸说道,"您儿子和雷恩先生之间是否存在矛盾?雷恩先生一直在您家里进进出出,您不觉得奇怪吗?"

"我当然知道他为什么来我家,都是因为那个可恶的莲娜。我不想谈这个。"

所以,她认为雷恩和乔治之间的矛盾是因为莲娜?奈杰尔想了想,垂眼道:"上周维奥莱特和乔治吵了一架,她都说了些什么?"

"斯特兰奇韦斯先生!您难道要把每件家庭琐事都问个遍吗?这简直毫无必要,而且太有失体统了。"

"毫无必要的琐事?如果只是琐事,那天您为什么还要和菲尔提起呢?您当时说:'你母亲需要我们的帮助,警方可能会得知她上周和你父亲吵架的事,她当时说的话可能会让他们认为——'认为什么?"

"那你最好直接去问维奥莱特。"老夫人闭口不言,布朗特又问了几个问题后,起身准备离开。

奈杰尔心不在焉地走到肾脏形状的桌子旁,用手摩擦着相框的顶端。"这是您丈夫吗,拉特利老夫人?他是在南非战死的,对不对?是因为哪场战役?"

奈杰尔只是随口一问,拉特利老夫人却像被闪电击中了一样跳了起来。她像一只有五十条腿的虫子,迅速来到奈杰尔身前,挡在了他和照片中间,留下一股樟脑的味道。

"把你的手拿开，小子！你能不要在我家里到处打探了吗？"她呼吸粗重，拳头紧握。奈杰尔道歉之后，她转向布朗特。"按铃就在你旁边，探长。请你按下按铃，然后女仆会来接你们出去。"

"我们可以自行离开，夫人，谢谢配合。"

奈杰尔跟着下楼走进花园。布朗特撇了撇嘴，揉了揉眉头。"可真是一块难啃的老骨头。不得不说，她太惹人厌了。"

"没关系，你刚刚已经英勇地面对了她。第一个吃螃蟹的人，接下来该怎么办？"

"我投降了，简直毫无进展。她想让我们把案子定性为意外，而当我暗示卡尔法克斯可能是凶手时，她又迫不及待地改口赞同。我问她卡尔法克斯是否直接离开了房子，她立刻就上钩了。我们得确定一下这两个人谁在说谎，但估计会有一个合理的解释能说明一切。而且，她对菲利克斯·凯恩斯和维奥莱特·拉特利的事情绝口不提，她甚至不知道日记的事情——至少在我看来确实如此。这推翻了你的猜测。她很在乎家族荣誉，但这一点我们早就知道了。她指控卡尔法克斯很可能只是因为讨厌他。所以，如果真的是她干的，她刚才可是完全没暴露自己。无论你乐不乐意，我们又回到原点了，嫌疑人又变回了菲利克斯·凯恩斯。"

"至少我们还有一项可以查的内容。"

"你是说乔治和维奥莱特的争吵吗？"

"不，我有预感，关于那件事，你查不出什么。维奥莱特可能歇斯底里地威胁了他两句，但一个卑躬屈膝十五年的女人不太可能突然反击杀了丈夫。至于我们要查的东西，约翰·华生可能会将其命名为《老贵妇与相片之谜》。"

13

布朗特和奈杰尔分头行动，前者去找维奥莱特问话，后者径直回了旅馆。他走进旅馆花园时，乔治娅正在和菲利克斯·凯恩斯喝茶。

"菲尔呢？"菲利克斯问。

"在家呢。待会儿他妈妈应该会带他过来，发生了一些事。"奈杰尔说了房顶上发生的事，还有菲尔试图销毁证物的事情。奈杰尔诉说的时候，菲利克斯变得越来越焦躁，最后终于爆发了。

"该死的。"他喊道，"你们为什么要把他卷进来？那么小的男孩被逼着做这种事，简直太可恶了——我不是在说你，斯特兰奇韦斯先生。但是那个叫布朗特的人，他根本不明白这种事对一个小男孩会造成多么大的打击。"

奈杰尔没意识到菲利克斯的神经竟然如此紧绷。他见到过这个作家在花园里踱步，和菲尔一起读书，或者跟乔治娅聊政治。他总是很安静、平和，眼中偶尔会闪过自信的光，说出一些辛辣幽默的评语。菲利克斯不是一个好的生活伴侣，但即便在他情绪最低迷、最易怒的时候，他也并不令人讨厌。菲利克斯突然的爆发提醒了奈杰尔，警察的调查和怀疑可能对他影响颇深。

奈杰尔轻声说:"布朗特没那么糟糕,至少他很有同情心。菲尔的事都怪我,他总是表现得比实际年龄更成熟,我总会忘记他还是个孩子,几乎要把他当作一个成年人来对待了。然后他强行把我带到了阁楼上。"

一阵短暂的沉默后,乔治娅从随身携带的烟盒中拿出一卷香烟。不远处的花坛旁,蜜蜂正围着大丽花飞舞。码头边隐约传出驳船的汽笛声,仿佛悠长的悲叹,宣告着航行的归来。

"我最后一次见到乔治·拉特利的时候,"菲利克斯像在自言自语般地说,"他穿过了那边的花圃,踩坏了很多花。他当时很生气,不论什么挡在面前,他应该都会踩碎。"

"这种人真的需要好好管管。"乔治娅同情地说。

"他确实被'教训'了。"菲利克斯的嘴唇紧抿着。

"调查进展如何,奈杰尔?"乔治娅问。奈杰尔忧郁的神色、眉间的皱纹、凌乱的发丝和撇起的嘴唇都让她忧心不已。他太累了,根本不该接下这件案子。她真希望布朗特、拉特利一家、莲娜、菲利克斯,甚至菲尔都再也不要出现。但她维持着冷静客观的声线,因为奈杰尔不喜欢被过分关照。而且菲利克斯·凯恩斯还在,他也是失去了妻子和孩子的可怜人,她不希望让菲利克斯听出语气中的关怀,而这份关怀是对另一个人的。

"调查?不怎么样。这个案子很麻烦,所有人都没有完整的不在场证明,都有机会下毒。不过,就像布朗特说的,我们会解决的。对了,菲利克斯,你知道乔治没有恐高症吗?"

"没有恐高症?但是谁说过他有?哦,天哪,我忘了。对,采石场那次他说过。但是既然他不恐高,为什么又要这么说呢?我不明白,你确定他不恐高吗?"

"确定。你知道这意味着什么吗？"

"我猜，这意味着我在日记里撒谎了。"菲利克斯小心翼翼地看着奈杰尔。

"还有另一种可能性——乔治已经开始怀疑你了。他为了避开悬崖，说自己有恐高症，让你不要怀疑他已经起了疑心。"

菲利克斯对乔治娅说："你肯定听得一头雾水。是这样的，我当时想把乔治从悬崖上推下去，结果就差一步了，他没有再靠近我。真遗憾，不然我们现在能省掉很多麻烦。"

他轻浮的语气让乔治娅很烦躁。但她知道，这个可怜的家伙太紧张了，控制不住自己。她也曾身陷这样的处境，是奈杰尔把她救了出来，现在他会把菲利克斯也救出来。如果还有谁能做到这一点，那肯定就是奈杰尔了。她看向丈夫，他正低着头出神，这说明他的大脑正在高速运转。亲爱的奈杰尔，她在心里默念道，亲爱的，亲爱的奈杰尔。

"你了解拉特利老夫人的丈夫吗？"奈杰尔问菲利克斯。

"不了解，只知道他参军了，在南非战死。要我说，他算是逃出了艾瑟尔·拉特利的魔掌。"

"确实。唉，我不知道该从何处入手调查他，我在军方也没有认识的朋友。说起来，你是不是有个朋友？你在日记里写到过，叫什么来着——奇翰，文姆，文翰——对，文翰上将。"

"你要问他拉特利先生的问题，就像要问一个非洲人认不认识另一个非洲人。"菲利克斯讽刺道，"我不认为文翰上将认识西里尔·拉特利。"

"但是值得一试。"

"为什么？为什么要查他？"

"因为我觉得有必要挖掘一下拉特利家族的历史。那天下午我随口问了些关于西里尔的问题，拉特利老夫人表现得很紧张，我想知道原因。"

"你这样到处打探别人家的隐私实在是太没礼貌了。"乔治娅说，"我是不是嫁给了一个勒索犯？"

"好了，"菲利克斯思量道，"如果你想查的话，我认识一个在陆军部工作的人，也许能帮忙。"

菲利克斯好心提议，但奈杰尔并不领情。他友好却严肃地问道："你为什么不想让我见到文翰上将？"

"我——不是这样的。我并不反对你见他，我只是说，有其他更现实的方法能查到你想要的资料。"

"好吧，抱歉。希望你没有觉得冒犯，我不想惹你生气。"

一阵尴尬的沉默。奈杰尔并不相信菲利克斯的说辞，他知道菲利克斯也感受到了这份怀疑。过了一会儿，菲利克斯笑了。

"你说的没错。我一直很喜欢文翰上将，所以很抗拒被他发现我是个什么样的人。"他苦笑起来，"一个失败的杀人犯。"

"嗯，恐怕这件事迟早都会被公之于众。"奈杰尔冷静地说道，"但是，如果你不希望文翰上将知道的话，我可以不提起你，直接问西里尔·拉特利的事情。你只要帮我们引荐一下就行。"

"好吧，你想什么时候去问？"

"最好是明天。"

又是一阵漫长的沉默——沉默带来的不安就像一场正在酝酿的雷暴雨，下一个瞬间就会铺天盖地席卷而来。乔治娅能看出菲利克斯面色通红，浑身都在颤抖。终于，他像一个下定决心告白的恋人般，用大得异常的音量喊道："布朗特会逮捕我吗？我真的受不了了。"他的手指垂在椅子两侧，蜷缩又张开，"快点结束吧，我可以马上向他自首。"

"这样也不错。"奈杰尔思忖道,"你向他自首,考虑到你并不是凶手,布朗特肯定会找出你证词中的漏洞,然后明白你不是他要抓的人。"

"天哪,奈杰尔,你能不能别这么冷血无情!"乔治娅斥责道。

"这些对他来说都只是游戏而已。就像在玩挑棒游戏。"菲利克斯笑了笑,恢复了原样。奈杰尔不禁感到有些羞愧,他真的不能再把心里话大声说出来了。

奈杰尔说:"布朗特应该还没打算逮捕谁。他很谨慎,不喜欢出错。毕竟,警察也不能随便抓人,如果抓错了,对谁都不好。"

"那等他准备好了,你就给我通风报信,然后我剃掉胡子伪装成乞丐,穿过警戒线,乘小船偷渡到南美去。侦探小说里的逃犯都会去那儿。"

乔治娅觉得眼眶发烫。菲利克斯是想开句玩笑,但他看起来太悲惨无力了,还有些尴尬。他确实勇敢,但现在的他开不起这样的玩笑,他很明显被自己的笑话伤到了。菲利克斯需要有人站在他身边、相信他,为什么奈杰尔不能安慰他一句呢?一句安慰而已,又不难。乔治娅实在看不下去了:"菲利克斯,你晚上叫莲娜过来吧?我今天和她聊了聊,她相信你,而且很爱你,她想帮你就要想疯了。"

"我现在还是个嫌疑犯,不能把她卷进来,这样对她不公平。"菲利克斯固执而冷漠地说。

"是否公平要由她来决定,不是吗?就算你真的杀了乔治,她也不会在乎的。她只想和你在一起,你这样只是在伤害她——她不需要你的保护,她需要的是你。"

乔治娅的话像石子一样砸向菲利克斯，他忍不住扭头躲闪，身体僵在了椅子上。他不承认自己被刺痛了，反而缩回壳子里，板着脸说："我不想聊这些。"

乔治娅恳求地看向奈杰尔，就在这时，砂石地上响起了脚步声。三人都悄悄松了一口气，抬头看去，只见布朗特探长带着菲尔走了过来。

谢天谢地，乔治娅想，菲尔终于回来了。他的出现就像一场及时雨，浇灭了心头的烦躁。

奈杰尔却在想：为什么是布朗特带着菲尔过来？原本应该是维奥莱特带他来的，难道布朗特真的从她那里问出了什么？

一旁的菲利克斯则满心惊疑。警察为什么会和菲尔站在一起？天哪！难道他逮捕了菲尔？不，当然不可能，如果菲尔被逮捕了就不会出现在这里。但仅仅是看见他们站在一起，就让他感到难以忍受。

他想：再这样下去我一定会疯掉的。

14

"和维奥莱特的谈话很有启发。"当其他人都离开后,布朗特对奈杰尔说。

"她说了什么?"

"我先问了她和乔治吵架的内容,她也很开诚布公——至少在我看来是这样的。他们吵架是因为卡尔法克斯夫人。"

布朗特戏剧性地停顿了片刻,奈杰尔仔细研究着手里的香烟头。

"维奥莱特想让乔治结束和罗达·卡尔法克斯的婚外情。她声称这不是为了自己,而是为了菲尔。显然小菲尔知道乔治和罗达的事情,但是他年纪太小,还不能完全理解。然后乔治就直接问她是不是想离婚。当时维奥莱特正在读一本小说,书里讲的就是两个父母离异的小孩。要我说,她对这本小说还挺当真。确实有这种人,对吧?总之,书里的两个小孩因为父母离异备受煎熬,其中一个小男孩让她想起了菲尔,所以她就告诉乔治,她是无论如何都不会离婚的。"

布朗特深吸了一口气。奈杰尔安静地等着,他很了解布朗特,这个苏格兰人说话从来不会只说一半。

"维奥莱特的态度惹怒了乔治,尤其是当她提到菲尔之后。

菲尔明显更亲维奥莱特，而乔治痛恨这一点。但我觉得他可能更痛恨菲尔与自己的不同——因为这孩子比他更优秀。他想伤害维奥莱特，也知道自己可以通过菲尔伤害她，所以他突然说，他决定不让菲尔继续上学了。等结束义务教育，他就要把菲尔送去汽修厂工作。我不知道他是不是认真的，但维奥莱特显然当真了，于是真正的争吵开始了。吵着吵着，她说她宁可杀死他也不会让他毁掉菲尔的人生，拉特利老夫人听到的就是这句话。总之，两人越吵越凶，最后乔治没控制住脾气，开始动手打她。菲尔听到了妈妈的哭声，冲进去想拉住爸爸。那场面可不怎么好看，啊哈。"布朗特平静地说。

"所以，维奥莱特也有嫌疑？"

"呃，我倒觉得不一定。那之后维奥莱特找到了拉特利老夫人，想让她帮忙说服乔治不要让菲尔去汽修厂工作。你肯定也发现了，这个老夫人相当自命不凡，所以这次她难得和维奥莱特意见一致。我后来又去问了她，她说乔治已经答应不会送菲尔去汽修厂了，维奥莱特也没理由杀害乔治了。"

"而且她也不太可能是因为嫉妒卡尔法克斯夫人才下毒，因为那样的话她应该会直接毒死罗达，而不是乔治。"

"你说的有道理，但也只是推测。"布朗特思索着说道，"我和维奥莱特谈话的时候，她还提到了一件事。周六下午和老夫人聊完之后，卡尔法克斯先生找到了维奥莱特，和她说了几句话。之后是维奥莱特送他出的门，所以他没有机会下毒。"

"那他为什么要撒谎说自己直接离开了呢？"

"他其实也没撒谎。他当时的原话是'如果你是想说，我会不会绕路把士的宁放进了拉特利的药瓶里，那么答案是否定的'。"

"嗯，但这个说法太拐弯抹角了。"

"我同意。但他这么说很可能是因为不希望聊起和维奥莱特的谈话。"

奈杰尔来了精神,终于说到重点了。

"他们都聊了什么?"他问。

布朗特停顿了很久才回答,他表情肃穆,像一个法官。"婴儿福利。"

"你是说,和菲尔有关?"

"不,就是婴儿福利,仅此而已。"布朗特的眼睛闪烁,他很少能抓住奈杰尔的注意力,所以这次一定要好好吊一番胃口。"据维奥莱特所说——我相信她并没有说谎——这里要成立一个婴儿福利机构。当地政府已经批准了,资金由当地居民自筹。维奥莱特负责募捐筹款工作,而卡尔法克斯先生想要匿名捐一笔钱。他是那种做好事不留姓名的人,所以才不愿提起这件事。"

"天哪。真是'纯洁心灵间的蜜谈'①,所以卡尔法克斯也被排除了。他有可能在去找拉特利老夫人之前抽空下毒吗?"

"不太可能。我来的路上问了小菲尔,他当时正好就在餐厅,门开着,他看到卡尔法克斯进屋之后就直接上楼了。"

"那么就还剩下拉特利老夫人。"奈杰尔说。

他们漫步在码头旁的花园里,左边不远处有一丛月桂。灌木丛沙沙作响,在这样一个无风无浪的天气里很是奇怪。也许是有一只野狗在树丛里,奈杰尔漫无边际地想道。如果他此时前去查看,很多人的命运都会被改写,但是他没有。

布朗特反驳道:"你太固执了,斯特兰奇韦斯先生。现在所

---

① 出自约翰·济慈的诗歌《啊!孤独》。

有证据都指向弗兰克·凯恩斯，你的推测不具备说服力。拉特利老夫人有作案的可能，但只是理论上有可能，这并不现实。"

"所以你要逮捕菲利克斯吗？"奈杰尔问。

二人再次经过了月桂树丛。

"我看不出还有什么别的可能。他有机会，动机也比艾瑟尔·拉特利强烈。他几乎亲口承认了谋杀。当然，我还要厘清一些细节。可能会有人看见他从汽修厂偷走老鼠药，或者他在拉特利家的房间里会留下痕迹。瓶子碎片上也许会有指纹。不过，在外面放了那么久，这一点希望不大。一个写侦探小说的作家也不太可能会留下指纹。我不会立刻逮捕菲利克斯，但我会密切监控他。你知道的，凶手犯下最严重的错误往往是在作案后，而不是作案前。"

"好吧，看起来你心意已决。不过我明天要去见一个叫文翰的人，应该会有些新的发现。请你做好准备推翻自己的猜测吧，布朗特探长。我一直觉得，问题的关键就藏在菲利克斯的日记里，我们只是不知道该怎么找出来。答案肯定就在眼前。所以我才想去调查拉特利家族的历史，我总觉得，这样就能弄明白我们之前忽视了什么。"

15

乔治娅先上床睡了,她知道最好不要在奈杰尔思考的时候打扰他。他精神高度集中,目光像穿透玻璃一样穿过了乔治娅。她真的希望他没接手这起案件,他太累了,一不小心就可能会崩溃。

奈杰尔坐在旅馆的书写室里。这是他的怪癖之一,在旅馆的书写室里大脑最能高效地运转。他面前摆着几张纸,他拿起笔,开始缓缓书写。

莲娜·劳森

有可能取得毒药吗?

有。

有机会下毒吗?

有。

谋杀动机?

(a)对维奥莱特和菲尔的爱:消灭危害他们生活的元凶乔治·拉特利。不充分。

(b)对乔治的私人恩怨。因为二人分手或马蒂·凯恩斯之死带来的惊吓。不,太荒谬了。莲娜和菲利克斯在一起很开心。

(c)金钱。乔治将遗产平分给了妻子和母亲,而且他本就没多少财产。

排除莲娜·劳森作案的可能性。

维奥莱特·拉特利

有可能取得毒药吗?

有。

有机会下毒吗?

有。

谋杀动机?

对乔治的忍耐到达了极限。

(a)因为罗达。

(b)因为菲尔。但是菲尔的事情已经解决,而且维奥莱特忍了乔治十五年,为何突然爆发?如果是因为嫉妒罗达,那么被毒死的应该是罗达而非乔治。

排除维奥莱特·拉特利作案的可能性。

詹姆斯·哈里森·卡尔法克斯

有可能取得毒药吗?

有。(比其他人机会更多。)

有机会下毒吗?

没有。周六下午他直接去了艾瑟尔·拉特利的房间,菲尔的证词可以证实。下楼后他找到了维奥莱特,之后维奥莱特目送他离开,维奥莱特的证词可以证实。根据科尔斯比的调查,之后的不在场证明也无漏洞。

谋杀动机？

嫉妒。但就像他本人指出的那样，如果他想结束乔治和罗达的婚外情，只需威胁乔治结束合伙关系，因为他掌握了经济权。

卡尔法克斯也可以被排除。

艾瑟尔·拉特利

有可能取得毒药吗？

有。（但她很少出现在汽修厂。）

有机会下毒吗？

有。

谋杀动机？

对家族荣誉病态的执着。只要能阻止乔治与罗达的婚外情，甚至离婚的丑闻流出，她什么都愿意做。她请求卡尔法克斯管好罗达，但卡尔法克斯表示愿意顺从罗达的意愿与之离婚。艾瑟尔对待维奥莱特和菲尔的态度说明她可以做到冷酷无情，有可能成为一个彻底的暴君。

奈杰尔仔细看着笔记，然后把它们全都撕碎。他突然又想到了什么，于是提起笔来继续：

是否遗漏了卡尔法克斯与维奥莱特之间的联系？有趣的是，他们的不在场证明需要对方作证——无论在心理还是物理层面。卡尔法克斯最有可能得到毒药，维奥莱特则有机会下毒。乔治与罗达的关系可能会将二人推向彼此。但为何不直接携手私奔？为何一定要杀死乔治？

可能的解答：乔治/罗达很可能会拒绝与维奥莱特/卡尔法克斯离婚。如果私奔，菲尔就落到了乔治和艾瑟尔·拉特利手中，维奥莱特绝不会允许。但仍存在这种可能性，需要进一步调查维奥莱特和卡尔法克斯的关系。但是，除非毒杀与游艇出航在同一天发生是纯粹的巧合（不太可能），那么凶手必定知道菲利克斯的计划。可能是乔治告知，也可能是凶手自行发现。考虑到对象是维奥莱特或卡尔法克斯，乔治不太可能主动告知。但维奥莱特有可能找到日记。

结论：不能排除维奥莱特与卡尔法克斯联手作案的可能性。值得一提的是，我们每次到访拉特利家都从未见到过卡尔法克斯。作为乔治的合作伙伴兼朋友，他理应帮拉特利家渡过艰难时期，并适当安慰维奥莱特。他之所以没有出现，可能是为了避免被人发现自己与维奥莱特之间的关系。另一方面，布朗特问话时卡尔法克斯表现得十分开诚布公，言行前后一致，十分可信。对于一个罪犯来说，要保持态度、言行一致比施行复杂的杀人计划更困难。从这一点看来，卡尔法克斯很可能是无辜的。

接下来是艾瑟尔·拉特利和菲利克斯。菲利克斯是目前嫌疑最大的人。手段、动机，甚至还有一份自白。但日记也恰好是整件事的疑点。菲利克斯确实有可能准备两份计划，并在游艇计划失败后使用毒药。但他看起来并没有那么冷酷疯狂，不像会准备如此复杂的连环计杀人的人。即便他真的设计了两个方案，当乔治揭穿他的计划，并表明日记在律师手上，随时可能公布于众后，菲利克斯应该就不会再冒险杀人。

那样做无异于自投罗网。如果菲利克斯真的准备了毒药，在得知乔治的死亡会使自身暴露之后，他也应该将毒药的存在告知乔治，或者在晚餐前潜入屋内将之取走。当然，除非他对乔治的恨已经让他彻底疯狂，甚至不惜做出自杀式袭击的行为。但如果菲利克斯真的不在乎自己的死活，又为什么要特意把谋杀伪装成意外呢？为什么又要雇我来证明他的清白呢？唯一合理的解释就是：毒药不是菲利克斯放的。我不认为他杀害了乔治，逻辑上说不通。

最后就是艾瑟尔·拉特利。一个非常、非常邪恶的女人。但是她真的杀害了自己的儿子吗？如果真的是她，又该如何证明这一点？乔治之死透露出一种以自我为中心的霸道，很容易让人联想到艾瑟尔·拉特利。她没有试图混淆视听，也没有这个必要，因为她知道嫌疑会落在菲利克斯身上。她也没有试图给自己制造不在场证明，她只会把毒药放进去，然后坐等乔治喝下。她还对布朗特说想把案件归为意外。艾瑟尔·拉特利扮演了一个"全知全能的审判者"。毒杀乔治这一举动十分莽撞，与艾瑟尔的性格相符。但是她有足够强烈的动机吗？她真的会践行"为荣誉杀人不能叫谋杀"吗？也许文翰上将或他的朋友可以提供一些信息。与此同时……

奈杰尔疲惫地叹了一口气。他看着自己写下的内容，皱起眉头，然后划了一根火柴把笔记点燃。屋外走廊里的老爷钟滴嗒作响，像一阵呼呼的风声，宣告着午夜的降临。奈杰尔伸手去拿装着日记复印件的文件夹，摊开的页面上有什么东西吸引了他的目光。他忽然僵住了，警觉起来。他开始翻阅日记，寻找下一处提示。一个惊人的念头在脑海里悄然成型——这念头过于合理、完美，甚至令人无法信服。就像在睡前灵光一现创作的诗歌，困倦时看起来和谐又完美，醒来再读就变得平平无奇、颠三倒四。奈杰尔决定等早上再说，他现在太累了，无法验证这个猜想。于是他拿好文件夹，打着哈欠起身离开。

他关上灯，打开门，走廊上一片漆黑。走廊照明的开关在对面，奈杰尔伸手去摸索，心想，不知道乔治娅是不是睡了？就在这时，黑暗中有什么发出了声音，接着有东西冒出来，砰地一下砸到了他的头……

黑暗。黑色的幕布前，疼痛激起的火光闪耀、跳跃、晃动、绽放，如同一场烟火芭蕾。但他对此不感兴趣，他只希望这些光点别再闪了，他想去拉开那黑色幕布。不一会儿，光点消散，但黑色的幕布依旧紧闭。他可以走过去拉开幕布了，但他的后背钉在了坚硬的木板上。为什么后背上会钉着块木板？他肯定是在当夹在两块广告板中间的广告人。他愣了一瞬，因为得出了如此精彩的结论而快乐。接着他朝黑色幕布走去，疼痛感再次炸开，烟火芭蕾也再次开演且跳到了高潮，他等着舞蹈结束，小心翼翼地打开思维的闸门。必须要小心，不然堤坝可能会被冲垮。

我无法向前，碰不到那块美丽的黑色幕布，因为……

我没有站在地上，钉在背后的也不是木板，而是地面。

但没人能把地面钉在背上，是的，这个推测很合理。所以我其实是躺在地上。躺在地上。很好，但是为什么？因为……是的，想起来了，有什么从幕布后面出来打了我。非常用力的一击，砰的一声。所以，我已经死了。谜题解开了。生存之谜，死后的世界。我死了，却能继续思考。"我思故我在。"所以我还活着。我仍是活着的大多数。真的吗？我应该还没死，死人的头不会这么疼，这不合理。所以我还活着。通过正向和反向推理，得出符合逻辑的结论。好，好，好。

奈杰尔伸手扶上头侧，黏糊糊的，是血。他缓缓起身，摸着黑打开灯。突然强光刺目，他闭上了眼。然后他再次睁眼，环视四周。什么都没有，地上只有装着日记复印件的文件夹和一根旧球杆。这时他才感觉到冷，原来衬衫扣子被解开了。他系上扣子，艰难地弯腰捡起球杆和日记复印件，挣扎着爬上楼梯。

乔治娅睡眼惺忪地问他："亲爱的，高尔夫打得怎么样？"

"说实话，不怎么样。那家伙打得很用力，我说的不是板球也不是高尔夫，而是我的脑袋。"

奈杰尔冲乔治娅露出一个傻傻的笑容，然后毫无形象地栽到了地上。

16

"亲爱的,你不能起床。"

"我当然要起床,我今天早上要去见文翰上将。"

"你脑袋上开了个洞,当然不能起床。"

"无论有没有洞,我都要去见文翰上将。让他们把早饭送上来吧,车子十点到。你想来的话也可以一起,看看我会不会一时头昏把绷带扯下来。"

乔治娅的声音微微发颤:"天哪,亲爱的。我之前还一直劝你理发,结果却是你这头浓密的头发和坚硬的头骨救了你,但是你不能起来。"

"亲爱的乔治娅,我很爱你,但我必须得起。昨天晚上被球杆打晕之前,我解开了谜题,而文翰上将就是关键。再说了,现在这种情况下,几个小时的军事保护不是正好吗?"

"你觉得那个人还会动手吗?是谁干的?"

"问倒我了。嗯,其实我觉得那个人应该不会再动手了,至少不会在白天动手。而且我的衬衫扣子还被解开了。"

"奈杰尔,你真的没事了吗?"

"真的。"

吃早饭的时候布朗特探长来了,他看起来忧心忡忡。

"你妻子和我说你不配合,没有好好卧床休息。你确定你今天能行?"

"是的,当然确定,我最爱被球杆打头了。对了,你有没有在上面发现指纹?"

"球杆上的皮革太粗糙了,没能留下指纹。不过我们倒是发现了一个奇怪的事情。"

"什么?"

"餐厅的法式窗户是打开的,服务员发誓说他昨晚十点锁好了窗户。"

"这有什么奇怪的?袭击我的人肯定是从那边进出的。"

"如果窗户上了锁,他怎么进来?你是说他还有个同伙吗?"

"他——或者她——也可以在十点之前进来,然后藏起来,不是吗?"

"呃,也有这种可能。但他怎么知道你会看文件到那么晚呢?怎么知道他能等到灯都关上的时候在黑暗中伏击呢?"

"有道理。"奈杰尔沉吟道,"嗯,确实如此。"

"菲利克斯·凯恩斯嫌疑很大。"

"能不能请你为我解释一下,为什么菲利克斯请了价格不菲的私家侦探,却要用高尔夫球杆击打侦探的头部?"奈杰尔看着一片吐司说道,"这样不是人们常说的——搬起石头砸自己的脚吗?"

"也许吧,我只是说说而已。没准他现在又突然想把你打残了呢?"

"若真如此,那我的客户必然心怀叵念,因为他肯定不只是单纯地在走廊里练习挥杆。"奈杰尔调侃道。布朗特看起来不胜其扰。

不过，菲利克斯确实不希望他去见文翰上将，奈杰尔想道。

布朗特说："这还不是最奇怪的事情，斯特兰奇韦斯先生。我们在钥匙、窗户的内外把手，还有外侧玻璃上都找到了指纹。就像有人将一只手放在玻璃上，另一只手放在把手上关上了窗户。"

"这有什么好奇怪的？"

"先别急着下结论。找到的指纹并不属于旅馆工作人员，也不属于目前已知的案件相关人员。而且现在这里除了你们，没有其他客人。"

奈杰尔腾地一下站了起来，一阵剧痛穿过头部。

"所以，那个人不是菲利克斯。"

"怪就怪在这里。如果是凯恩斯袭击了你，他确实有可能包着手帕转动钥匙、打开窗户，伪造出真凶另有其人的假象。但如果是这样，外面的那些指纹又是谁留下的呢？"

"这样可不好。"奈杰尔呻吟道，"正当案件有点眉目的时候，突然暗示还有另一个身份不明的神秘凶手——唉，交给你了。至少这样我去找文翰上将的时候，你还能有点事做……"

半个小时后，奈杰尔和乔治娅坐在雇来的汽车后座上。与此同时，因为布朗特探长早上的调查而姗姗来迟的旅馆女仆进入了菲尔·拉特利的房间……

将近十一点的时候，他们到了文翰上将家。穿过前门是一个宽敞的客厅，墙上挂着老虎皮和其他捕猎的纪念品。看到墙面上那些狰狞的血盆大口和锋利的牙齿，连乔治娅都不禁打了个寒战。

"你觉得会有仆人负责每天擦拭那些牙齿吗？"她小声问奈杰尔。

"很有可能。可怜的家伙们，年纪轻轻就死了。"

女仆打开走廊左侧的门，房间里传出古钢琴空灵的乐声，有人正在弹奏巴赫的C小调前奏曲。这些精致的音符仿佛被隔壁猛虎无声的咆哮吞没了一般，遥远而虚幻，随着最后一个颤音的结束，一曲奏毕，演奏者转而弹起另一支赋格。乔治娅和奈杰尔站在原地静静倾听，直到演奏结束。屋里的人终于问道："什么？谁？你怎么不带他们进来？可不能让客人站在走廊里等。"

一个身穿灯笼裤、诺福克夹克，头戴呢子渔夫帽的老绅士出现在门口。一双浅蓝色的眼睛看着他们，眨了眨。

"在欣赏这些兽首吗？"

"还有音乐。"奈杰尔说，"这是他写的最棒的前奏曲，不是吗？"

"你能这么说真好，其实我也是这么想的，但我这人对音乐一窍不通，唉，我还在慢慢学怎么弹琴。几个月前我买了这架琴，是个漂亮的乐器，音色很轻盈，就像仙子跳舞的时候会出现的那种乐声。你刚才说你叫什么名字来着？"

"斯特兰奇韦斯，奈杰尔·斯特兰奇韦斯。这是我夫人。"

上将和两人握手，然后冲乔治娅眨了眨眼。乔治娅回以微笑，控制住自己不要去问他演奏巴赫的时候是不是总戴一顶渔夫帽。这个搭配真是太诡异了。

"是弗兰克·凯恩斯介绍我们来的。"

"凯恩斯？啊，是的，那个可怜的家伙。他儿子被车撞死了，真是一场悲剧。说起来，他最近还好吗？精神状态如何？没有失去理智吧？"

"没有，为什么这么问？"

"那天在切滕汉姆发生了一件很奇怪的事。我每周四都去那边的巴纳茶餐厅喝下午茶，他们家的巧克力蛋糕是全英国最棒的，你们有机会也得试试，百吃不腻。总之，我去了巴纳茶餐厅，然后看见凯恩斯——我敢发誓那就是他本人——坐在角落里的位置上，还蓄着胡须。他几个月前离开了乡村，但胡子应该是早就开始蓄的。唉，我自己不怎么喜欢胡子，以前在海军的时候也留过。海军也真是，自从特拉法加海战之后就没打过胜仗！搞不懂他们是怎么了，看看现在的地中海！我刚才说到哪了？哦，对，凯恩斯。我在巴纳茶餐厅，想过去和他打个招呼，结果他像个白鼬一样跳起来跑了。和他一起的那个人块头很大，留着八字胡，看起来有点像个小混混。我在后面喊凯恩斯的名字，他没答应，我就以为是认错人了。但是回来之后，我越想越觉得那就是凯恩斯，他可能失忆了，就像电视里演的那样。所以我才会问你凯恩斯精神状态怎么样。虽说他一直都有点古怪，但我真的想不明白，如果他精神正常，怎么会和一个混混去巴纳茶餐厅。"

"你记得这是几号的事情吗？"

"我想想，应该是在——"上将拿出了记事本，"啊，找到了。是八月十二号。"

奈杰尔答应过菲利克斯不会提起拉特利的事情，但文翰上将似乎已经被卷进了案件中心。然而他现在不愿打破屋内祥和的氛围，只想好好地在这《爱丽丝梦游仙境》般的场景里休息片刻。退休的军人在屋里弹着琴，像接待老友一般对待初次来访的陌生人。这个陌生人头上包着绷带，妻子是个名人。文翰上将和乔治娅聊得很投机，好像是在说缅甸北部山谷里的鸟类生态。奈杰尔坐在椅子上，思考着文翰上将在巴纳茶餐厅的遭遇能否与自己的猜测契合，思路却被上将突然的问话打断了。

"你丈夫受伤了？"

"对。"奈杰尔小心翼翼地碰了下绷带，"是被高尔夫球杆打的。"

"高尔夫？哼，我一点都不意外。现在的高尔夫球场上鱼龙混杂，什么人都有。我从来都不怎么喜欢这项运动。挥杆打静止的球，跟射杀一只不会飞的鸟有什么区别？这可不算绅士的运动。唉，苏格兰人就是全欧洲最野蛮的种族，没有艺术，没有音乐，也没有诗歌——当然，罗伯特·彭斯除外。还有他们的食物，哈吉斯①、爱丁堡酥糖，简直难以入口。一个地方的食物最能代表它的灵魂。啊，但是马球不一样。我以前在印度打过马球，高尔夫就是马球的劣质仿造品，最具挑战和刺激的部分都被剔除了。高尔夫就是懒散的马球。典型的苏格兰人，只会糟蹋东西，就是一群流氓。拿球杆打你的这家伙肯定也有苏格兰血统。不过他们倒是很会打仗，也就只有这点长处了。"

奈杰尔不得不打断上将的滔滔不绝，说明了来意。他说自己正在调查拉特利家的一起谋杀案，想了解一下他们的家族历史。死去的拉特利老先生参过军，在南非战争中牺牲了。希望文翰上将能帮忙介绍一些可能认识西里尔·拉特利的人。

"拉特利？老天，还真是那个小伙子？看到报道的时候我还在想，这孩子是不是跟西里尔有关，结果是他的孩子？唉，也难怪，他们家的血统可不怎么样。好了，先喝杯雪莉酒吧，然后我再跟你们讲。哦，一点都不麻烦，我上午总要喝一杯雪莉酒，再配上小饼干。"

---

①羊杂碎制成，著名苏格兰美食。

上将走出房间，拿了酒和一盘罗玛丽牌饼干回来。几人围着点心坐下后，文翰上将便开始讲述西里尔·拉特利的往事。说话间，他眼中流露出怀念的神色。

"你们知道西里尔·拉特利的丑闻吗？不知道媒体是不是已经报道过了，当时似乎是被压下去了。这种事都是这样的。战争最开始的时候西里尔还很正常，是个英勇的士兵，但到后期他突然崩溃了。他是那种不动声色的家伙，你们知道吧？心里和其他人一样怕得要死，但是死不承认——直到再也受不了为止。最开始布尔人教我们打仗的时候我见过他一两次。我得说，布尔人是一群不错的家伙。虽然我是个老古董，但我看人还是有一手的。西里尔·拉特利是那种神经纤细的人，不应该当兵，应该去做诗人。他是那种——现在人们都是怎么说的来着？对，那种神经质的人。而且还很善良，有良心，就是心太软了。哦，对了，凯恩斯也是这样的人。西里尔崩溃的导火索是一次任务，上级命令他们去烧几个农场。具体细节我也不清楚，但貌似他们第一个烧的农场里面还有人。村民反击，拉特利手下有几个人牺牲了。接下来事情的发展就脱离掌控了，他们消灭敌人之后点燃了农场，没有检查里面的情况。结果有一个女人和她生病的孩子还在屋里，被活活烧死了。这类事故在战争中时有发生，我当然也不希望看到——太糟心了。如今的军队炮轰平民都是小菜一碟，幸好我已经退役了。总之，这件事彻底摧毁了西里尔·拉特利的身心，他带队员回去，拒绝烧毁其余的农场。当然，这算是违抗军令，他因此受了罚，人也崩溃了。可怜的家伙。"

"但我从拉特利老夫人那里听说，他是战死的。"

"根本不是。农场的事，再加上违抗军令，他的军人生涯算是完蛋了。战争期间他的精神状态也是每况愈下,最后直接疯了。我记得他几年后死在了一家疯人院。"

他们又聊了一会儿,奈杰尔和乔治娅有些不舍地告别了热情好客的文翰上将。开车回去的路上奈杰尔一语不发,他终于能看清事件的全貌了。车子穿行在科茨沃尔德绵连的丘陵间,奈杰尔很想让司机直接开回伦敦,逃离这起悲伤又可怕的案件,但恐怕现在已经太迟了。

他们回到了塞文布里奇的旅馆,安静的旅馆周围弥漫着焦躁的气息。一名警察站在门口,周围草地上站着一圈人。其中一个女人离开人群,向他们跑来。是莲娜·劳森。她那浅金色的头发随着奔跑的步伐摇摆,神色慌张。

"谢天谢地,你们回来了!"她喊道。

"怎么了?"奈杰尔问,"是菲利克斯——?"

"是菲尔,菲尔不见了。"

第四部分　揭露罪行

布朗特探长留过言,让奈杰尔一回来就去警局找他。路上,奈杰尔回想着莲娜与菲利克斯·凯恩斯近乎语无伦次的叙述,拼凑出了菲尔失踪的经过。昨晚奈杰尔遇袭,早上大家都手忙脚乱,没发现早餐的时候菲尔不在。菲利克斯以为他先吃过了,乔治娅正忙着照顾丈夫,旅馆服务员则认为菲尔回家去了。因此直到早上十点,女仆进入菲尔的卧室,才终于意识到他不见了。她还在衣橱上发现了一封写给布朗特探长的信,探长还没告诉他内容,但奈杰尔觉得自己多半能猜到。

菲利克斯·凯恩斯心急如焚,奈杰尔觉得很对不起他。他希望能回避即将发生的悲剧,但现在已然无法挽回,所有人都只能静静地看着它发生。他们无能为力,就像人无法阻止山崩海啸,或者洪水滔天。当乔治·拉特利在乡间小路上撞倒马蒂·凯恩斯时,悲剧就拉开了序幕。甚至可以说,在菲尔·拉特利出生之前,它就已经开始了。悲剧衍生出了这一连串的灾难,现在只剩一个尾声。但那个结尾无疑会相当漫长而痛苦,直到菲利克斯·凯恩斯、维奥莱特、莲娜和菲尔的生命走向终点,一切才会结束。

奈杰尔去警察局找布朗特。探长一副胜券在握的模样说,警方在监视火车站和公共汽车站,搜救人员严阵以待,路上的卡车司机也将遭到盘问检查。找到菲尔只是时间问题。"不过,"探长非常严肃地补充道,"我们最终可能需要下河打捞。"

"天哪,他不会这么做的吧?"

探长耸了耸肩。两人之间的沉默令奈杰尔无法忍受，他有些激动地说："菲尔只是走投无路才做了那么傻的事情，一定是这样的。我昨天注意到灌木丛里有动静，一定是菲尔。他亲耳听到你想逮捕菲利克斯，而他视菲利克斯为精神支柱。毫无疑问，他想通过逃跑来转移别人对菲利克斯的怀疑，他一定是这么想的。"

布朗特看着他，沉痛地摇了摇头。

"我也希望事情真如你所言，斯特兰奇韦斯先生。但现在局势已经很明朗了，是菲尔毒死了乔治·拉特利。可怜的孩子。"

奈杰尔正欲开口，探长继续说道："你曾说，这件案子的解决方法一定在凯恩斯先生的日记里。昨晚我又把它通读了一遍，有了一些想法，之后发生的事证明了这一点，我会按照想到的顺序来举出线索。首先，菲尔对他父亲对待母亲的方式感到异常愤怒：乔治·拉特利过去经常殴打、虐待妻子。菲尔曾向凯恩斯先生抱怨过一次，但凯恩斯先生显然也无能为力。现在，想想日记中提到的晚餐谈话，当时他们在谈论杀人的权利。凯恩斯表示，杀死一个社会蛀虫是正义之举。然后，你一定还记得吧，在日记里，菲尔曾提出了一些问题，凯恩斯先生在日记里如是写道：'我们都忘了他也在，他才刚被允许参与饭后闲谈。'恐怕我们一直在犯相同的错误，我甚至没有提取他的指纹，唉。凯恩斯那句无心之言对一个神经敏感的孩子会有什么样的影响？菲尔对父亲心怀怨恨，而他最崇拜的人公开表示，人们有权杀死那些伤害他人的人。他对凯恩斯的话深信不疑。你也知道，受到崇敬的长辈的鼓舞后，孩子什么都能做得出来。还记得他曾恳求凯恩斯做些什么吗？然而他没能得到回应。你时常说，菲尔的成长环境足以使任何一个孩子精神错乱。没错，这就是他的动机。"

"文翰上将今天早上告诉我，菲尔的祖父——艾瑟尔·拉特利的丈夫——是在疯人院去世的。"奈杰尔轻声自言自语道。

"啊哈，那就对了，这是家族遗传。接下来是作案手法：我们知道那个小男孩经常去汽修厂，凯恩斯的日记也证实了这一点。乔治·拉特利曾让他用气枪对着垃圾堆里的老鼠射击，他很轻易就能找到机会偷走老鼠药。上周乔治和维奥莱特吵架，菲尔亲眼看到母亲被撞倒在地，他想保护她。最终可怜的小家伙下定了决心——或是改变了主意，就是这样。"

"但你依然要面对一个不可思议的巧合，那就是菲尔与凯恩斯选择在同一天谋杀乔治·拉特利。"奈杰尔反驳。

"一旦你考虑到那天恰好是他父母的争端结束后不久，这巧合就不再那么不可思议了。但它也可能根本就不是巧合，那本日记就藏在凯恩斯房间的地板下，而菲尔总是出入那间屋子，在那里上课。小男孩可能发现或早已知晓了那块松动的地板，说不定他曾把自己的秘密宝藏藏在那里。"

"但既然菲尔如此喜欢菲利克斯，他最不可能做的事就是在菲利克斯试图实施谋杀的那一天毒死乔治。这等于是把菲利克斯往火坑里推。"

"唉，斯特兰奇韦斯先生，你还是太谨慎了。记住，菲尔只是一个孩子，想不到那么多。如果这一切并非巧合，那么我认为是菲尔发现了日记，得知凯恩斯打算淹死乔治。当他看到父亲平安归来时，便慌忙下毒补刀。他绝不会想到自己是在陷害菲利克斯，因为他不知道父亲也发现了那本日记，并把日记交到了律师手中。我知道这个猜测缺乏说服力，所以我倾向于相信两起谋杀纯属巧合。"

"嗯，听起来很合理。"

"接下来，星期六晚饭后，毒药发作时，莲娜·劳森走进了餐厅，注意到桌上有一瓶药。她瞬间得出结论：是菲利克斯干的。那一刻，惊慌失措的她只想把瓶子扔掉。她本想把它扔出窗外，却看到菲尔的脸贴在窗玻璃上。他为何会在那里？他在干什么？假如他是无辜的，得知父亲中毒后，他不是应该去帮忙跑腿、喊人吗？"

"我了解菲尔，他应该只会躲起来，跑到自己的房间里去，努力忘记刚才的场景——不管怎样，离得越远越好。"

"我敢说你是对的。但无论如何，他都不应该盯着窗户看，除非是他把毒药倒进了瓶子，想在把瓶子取走藏起来之前确保没人发现。对于一个小男孩来说，想要隐藏犯罪证据是很自然的。之后，他告诉你瓶子藏在哪儿，然后亲自爬到屋顶上去拿。"

"他都费劲藏起了下毒的证据，为什么现在又要说出来？"

"因为他知道莲娜说曾把药瓶给了他，所以不能再假装一无所知，只能竭尽全力销毁证据。他把药瓶从屋顶上扔下来，却没想到我在下面收集碎片，便有些失控地向我扑来。你也注意到了他有多激动，我一度以为他发疯了，现在才意识到，他那时确实已经疯了——彻底疯了。他那可怜又疯狂的小脑袋里唯一的念头就是要将瓶子毁掉。你看，一直以来我们都以为他行为古怪是因为想保护菲利克斯，却从未料到他想保护的是自己。"

奈杰尔沉默不语，抚摸着头上的绷带。这让他想起了一些事。

"你之前坚信是菲利克斯打伤了我的脑袋，现在又说真凶是菲尔?"

"所以并不是菲利克斯,而是菲尔袭击了你。我是这么想的:午夜过后,他在黑暗中蹑手蹑脚地爬下楼,决定逃离此地。就在他来到楼梯底部时,听见有人打开了书写室的门。他知道某人挡在了他与旅馆前门之间,而他正打算从那里离开。他也知道,离开书写室的人很有可能打开走廊的电灯,这样自己就会暴露。他蜷缩在墙角,碰到了靠在墙上的球杆。他绝望而又害怕,情急之下,他拿起球杆,在黑暗中盲目地挥舞着,对着你一顿猛击,你就此倒下。菲尔惊慌不已,他害怕灯光,害怕挡在他与前门之间的尸体。突然他想起了餐厅里的法式落地窗,于是从那里溜了出去,留下了指纹。我们将比对窗上和菲尔卧室里的指纹。"

"他害怕尸体?"奈杰尔神情恍惚地说,"他逃出了旅馆?"

"有什么问题吗?"

"没、没什么。是的,他应该会这么做。要是以后有人跟我说苏格兰场的人毫无想象力,我一定会为你挺身而出。顺带一提,你一定得找个时间见见文翰上将——你可能会让他改变对苏格兰的看法。"

"是苏格兰人,谢谢。"

"说真的,布朗特,你分析得很有道理,然而这终究只是推测,不是吗?你没有任何对菲尔不利的重要证据。"

"我有一张字条,"探长阴郁地说,"一张写给我的字条。他把它留在了自己的房间,那相当于一份供词。"

他递给奈杰尔一张从练习本上撕下的横格纸。

亲爱的布朗特探长

我想告诉你，凶手并不是菲利克斯，是我把毒药放进药瓶里的。我恨爸爸，因为他对妈妈非常残忍。我要逃到你找不到的地方。

谨上

菲利普·拉特利

"可怜的孩子。"奈杰尔喃喃道，"真是一桩悲剧。天哪，好一手栽赃嫁祸啊！"他急忙道，"听我说，布朗特，你必须赶快找到他。我担心会出事，菲尔什么都能做得出来。"

"我们已经使出浑身解数了。不过，如果我们，呃，发现他时已经太晚了，或许会更好。因为他会被送去那里，你懂的：精神病院。虽然我也不希望事情发展到这一步。"

"别管那些。"奈杰尔用一种奇怪的目光盯着布朗特，"找到他，你必须在意外发生之前找到他。"

"相信我，我们会找到他的。这点毫无疑问，他走不了多远，除非他已经溺死了。"布朗特悲伤地补充道。

五分钟后，奈杰尔回到旅馆。在旅馆门口，菲利克斯·凯恩斯正在等他，菲利克斯的眼中笼罩着焦虑的阴影，嘴唇不停地颤抖着，无数疑问盘旋在心间。

"他们怎么说——？"

"我们能去你的房间吗？"奈杰尔迅速问道，"我有许多事要告诉你，这里人多眼杂。"

两人一同上了楼，在菲利克斯的房间里坐了下来。奈杰尔的脑袋又开始隐隐作痛了，房间在眼前旋转不停。菲利克斯站在窗前，眺望着他和乔治·拉特利曾出航的那条河流，河水波光粼粼，蜿蜒向远处。他很紧张，舌头与心脏不堪重负，苦苦思考了一整天的问题却问不出口。

"你知道菲尔留下了一张自白的字条吗？"奈杰尔轻声问道。菲利克斯转过身来，双手紧抓着身后的窗台。

"他承认自己毒死了乔治·拉特利。"

"这太疯狂了！那孩子一定是疯了，"菲利克斯惊叫道，"他绝不会杀人——布朗特没有当真吧？"

"布朗特对菲尔提出了一个非常有说服力的指控，恐怕这份供词可以为案件盖棺定论了。"

"不是菲尔干的，不可能。我知道不是他干的。"

"我也是。"奈杰尔用平和的语气说。

菲利克斯伸出的手僵在了半空，他疑惑不解地盯着奈杰尔看了一会儿。

然后他低声说道："你知道？你怎么会知道？"

"因为我终于找出了真相，只不过需要你的帮助来填补一些细节，然后我们就可以做出抉择该怎么办了。"

"接着说。是谁？请告诉我。"

"还记得西塞罗的那句话吗？我想，应是出自《论义务》：'愧疚现于犹豫之际。'我很抱歉，菲利克斯，你善良到无法坦诚自己犯下的罪行。正如文翰上将今早对我所说的那样，你太有良知了。"

"哦，我明白了。"菲利克斯使劲咽了一口唾沫，话声沉入令人窒息的静默。他试图微笑："很抱歉，给你添了这么多麻烦。毕竟你为我做了这么多努力，最终却得出了这样的结论。好吧，我很高兴，在某种程度上，一切都结束了。恐怕是菲尔的供词使我乱了阵脚，我得和警方说一声。他为何要这么做？"

"他想保护你。他听到布朗特说要逮捕你,这是他唯一能帮助你的方法。"

"天哪,假如换成别人……他让我想起了马蒂,想起了马蒂本该会是什么样子。"

菲利克斯一屁股坐在椅子上,双手掩面。

"你认为……他不会去做蠢事吧?我永远都不会原谅自己。"

"不,我敢肯定他没有。我认为你不需要为此担心。"

菲利克斯抬起头来,他脸色苍白、神色慌张,但最痛苦的一页已被揭过。

"告诉我,你是怎么知道的?"

"你的日记,它是个巨大的错误,菲利克斯。你出卖了你自己。正如你在文章开头所写的那样:'无论他是什么样的人——或鬼鬼祟祟,或担惊受怕,或狂妄自大——他内心那严格的道德卫士都会跟他玩起猫鼠游戏,逼迫他不慎吐露真相,诱使他自信过头,留下指向自己的重要证物,怂恿他犯下各种纰漏。'你希望用日记来保持自己的良知,但当你改变了计划,当你发现自己无法杀死一个罪行未经证实之人时,日记便成了你实施新计划的主要工具——这就是它出卖你的方式。"

"是的,看起来你已经全都知道了。"菲利克斯露出一个扭曲的微笑,"恐怕我低估了你的智慧,我应该请一位更迟钝的侦探来。抽根烟吧,死刑犯通常会被允许抽最后一口,不是吗?"

奈杰尔永远不会忘记这最后一幕,阳光照射在菲利克斯·凯恩斯布满胡须的苍白面颊上,香烟的薄雾缭绕其间。他们讨论着菲利克斯的罪行,氛围安静而祥和,就像是在讨论学术问题,仿佛这不过是他写的一部侦探小说里的情节。

"你看,"奈杰尔说,"日记中,在你试图把乔治推下悬崖之前，你一直很担心自己无法证明是他杀死了马蒂。然而，在这之后，你似乎认定了他就是凶手。这一反差提醒了我，有哪里不对劲。"

"是的，我明白了。"

"我们一直以为，你之所以没能把他推下悬崖，是因为他当时已经开始怀疑你了。他为什么会谎称有恐高症？因为他觉得你很可疑，想拖延时间。但是昨晚我重读了一遍你的日记，突然发现你才是说谎的那个人。你其实把他引到了悬崖边，却发现自己下不了手，因为你无法证明他就是杀害马蒂的凶手，是不是？"

"是的，你说得没错。我太软弱了。"菲利克斯痛苦地说。

"这并不是你的缺点，但恐怕在犯罪时不能算好事。乔治死后，你的善良再次背叛了你——因为你一直在疏远莲娜。就算你已经坦白了日记的事情，说出了自己对乔治的痛恨，你也不愿意接受莲娜的好意，因为你不希望她爱上一个杀人凶手。菲尔可不是唯一一个冲出来当骑士的人。"

"别再提莲娜了，这是我唯一感到羞耻的事。我确实喜欢上她了，却把她当作了棋子——请原谅我的陈词滥调。"

"好吧，我们言归正传。于是我想，如果采石场之后的日记都是为了确定乔治是否是真凶呢？只有在他亲口承认之后，你才会动手。如果乔治是无辜的，你就会犹豫，会下不了手。你不能直截了当地问他，因为他只会否认，然后把你赶出去。于是你故意让他怀疑你，不着痕迹地告诉他你想要杀害他。"

"我真不明白你是如何想到的。"

"首先，你接受邀请住进了拉特利家。不久之前你还声称自己绝不会与敌人同住，而且这样日记暴露的风险也会大大增加。

但是如果，你的新计划就是让乔治发现日记本呢？事实上，也正是你挑拨他去主动寻找日记的。卡尔法克斯夫妇来吃午餐的那天，你说你正在写一本侦探小说。有人问你能否当众朗读的时候，你故意表现得很可疑，并隐晦地暗示自己把乔治写进了小说。乔治这样的人肯定会忍不住查探，尤其是几天前，你还巧妙地让他发现了你的真名并非菲利克斯·雷恩。"

菲利克斯狐疑地盯着奈杰尔看了片刻，脸上露出了释然的神情。

"文翰上将今天早上告诉我，八月十二日星期四时，他在切滕汉姆的一家茶餐厅里遇见过你，或是以为自己遇到了你。当时你和一个留着八字胡的'小混混'坐在一起——至少上将是这么以为的。那个人是乔治·拉特利。文翰上将每周四都会去那里喝茶，你作为他的朋友当然知道这一点。你绝对不会在周四带着乔治去那个地方，除非你是故意的，想让上将认出你、喊你的名字。上将的确这么做了。乔治看到他喊你'凯恩斯'，你慌忙离开，便开始怀疑你是否与被撞死的马蒂·凯恩斯有关。文翰上将主动提起了这件事，说完后我就明白你为什么不想让我见他了。"

"很抱歉打了你的头。我昨天慌了阵脚，只是想让你不要去见文翰上将。他是个话匣子，我很怕他会跟你说茶餐厅的事，我已经努力控制自己不要太使劲了。"

"没关系，过去的都过去了。布朗特以为是菲尔逃出旅店的时候打了我，他的推理十分完善，只是没能解释为什么我的衬衫扣子被解开了。除非你担心自己用力过猛，否则也不会费劲解开我的扣子检查心跳。菲尔肯定会怕得不敢靠近，而如果凶手是其他人，怕我查到真相的话，应该会直接下杀手。发现我的心脏还在跳动，他肯定会再补一刀。"

"由此可知，检查你心跳的人是我，我就是谋杀拉特利的真凶。是的，恐怕这是一个错误的决定。"

奈杰尔递给菲利克斯一根香烟，替他划了一根火柴。菲利克斯的手不停颤抖，他只能努力把这一切当作学术讨论，当作一个虚构的案件，不然他就会崩溃。他继续陈述着案件的细节，虽然两人都对此心知肚明。他只是在拖延时间，为了不作出下一个、也是最后一个选择。

"八月十二日，你在茶餐厅遇见了文翰上将，然而你的日记里并没有相关记录。你的记录是那天在河上度过了一个愉快的午后。虽然很冷血，但我还是要说：很有趣，你伪造了这项活动。这样做毫无意义，因为乔治本就打算翻看日记。而假装自己并未前往切滕汉姆很危险，因为警方可能会调查你的行踪，就会发现你撒了谎。"

"写下那篇日记的那一晚我寝食难安，同时又异常兴奋。你也清楚，在我为复仇重新规划的蓝图中，茶餐厅的偶遇是第一步，而这一步很微妙，需要我随机应变。这件事一定影响了我的判断。"

"是的，我也这么想。你八月十二日的那篇日记中还有一些内容让我觉得有些不对劲，你提出了一个关于哈姆雷特'优柔寡断'的理论，就此写了一大堆，甚至有些多余、虚假，过于有文学性。那部分内容揭示出你想向'读者'隐瞒自己拖延的真正原因：除非确信对方有罪，否则你无法动手。当然，这也的确是哈姆雷特犹豫不决的真正原因。但你希望通过讨论这个'仔细品味仇恨'的理论，让任何好奇之人远离你的真实想法，隐藏你过于敏感的良心。"

"能想到这一点,你真的很聪明。"菲利克斯坦承的方式让奈杰尔感到非常可悲——他语调平静但略带失望,仿佛奈杰尔在他的一本书中发现了一个错误。

"你在之后的一篇日记中再次提起这件事。你是这样说的,'亲爱的读者,也许你会猜测,阻拦我的是良知发出的微小呼声。这个想法很善良,但并不对。'你试图装作自己已舍弃良知,但'良知'确实在你的行为和日记中反复出现。我希望你不介意我继续说下去,你知道我必须把一切都弄清楚,至少让我自己心知肚明。"

"你可以随意。"菲利克斯再次露出了扭曲的微笑,"时间越长越好,就像《一千零一夜》里的故事。"

"好。如果你打算让乔治阅读日记,那么你的小艇计划一定只是个障眼法。假如你真的想把乔治淹死在河里,你就不会把所有的细节都写在日记中,然后再怂恿他去读。因此我问我自己,小艇上的那些安排究竟是出于何种目的?答案是你做那一切是为了逼乔治承认犯下的罪行,对吗?"

"是的。顺便一提,我当时很确定乔治已经上钩了。我有一天发现日记的位置变了。但显然,仅仅让乔治意识到我是想要置他于死地的凯恩斯还不够。他不会冒着被绞死的风险暴露曾杀了人的事实,除非在性命攸关的时候。这也就是为什么他任由我执行计划,直到上了船,听到我说让他来掌舵时才坦白。当然,出发前他还会给自己上一层保险——以他能想到的方式——把日记寄给律师,我猜到了他肯定会这么做。当时在船上我们两个都很紧张。乔治肯定在想我会不会实施计划,而我则如坐针毡,在想他是否意识到了自己的处境,会不会承认是他撞死了马蒂。我敢说我们当时都紧张得像只猫。如果他当时听我的话去掌舵,就说明他没读过日记,等回去我就会倒掉那瓶毒药。"

"那么,最终他没忍住?"

"是的。当我调转航向,让他来驾驶那艘船时,他完全失控了。他说他知道我在耍什么花样,说他已经把日记寄给了他的律师,然后想勒索我把日记买回来。对我来说,那是最糟糕的时刻。你看,必定是他杀死了马蒂,否则他不会到那时才跟我摊牌。我并非唯一一个因为拖延而暴露了罪行的人,但我没有绝对的证据。我向他指出那本日记解释了马蒂的死因,对他同样危险。他本可以虚张声势,假装对马蒂的事一无所知。然而,事实上,他缴械投降了。他承认我们陷入了僵局,这等于默认了他是杀死马蒂的凶手。正如人们常说的那样,他亲手签下了自己的死亡执行令。"

奈杰尔站起身,走到窗前。他一时感到头晕眼花,心里有些不舒服。此次谈话的情绪如此之紧绷,压抑得如此之深,使得他心烦意乱。他说:"在我看来,只有当淹死乔治的计划只是个幌子,其实你从未想过要执行的情况下,才能解释事件中的另一个疑点。"

"什么疑点?"

"恐怕我们还得再谈谈莲娜。如果小艇上的计划是真的,那确实是你设计杀死乔治的唯一计划。那么,当你成功后,将不得不面临身份暴露的风险。莲娜会在庭审时得知你是马蒂·凯恩斯的父亲,她一定会怀疑那或许不是一起单纯的事故。当然她可能不会告发你,但我认为你并不会把自己的性命交到她手中。"

"恐怕我一直在有意忽视她对我的爱。"菲利克斯冷冷地说,

"我一开始就欺骗了她，然而她却真心待我——并非是为了我的钱财。这也说明我是一个没有价值的废物，我的死亡不会对这个世界，也不会对我自己造成任何损失。"

"另一方面，如果你毒死了拉特利，知道日记将会成为证据，并且接受身份暴露的后果。你寄希望于没人怀疑小艇计划的真实性。那天下午你打算杀掉乔治，突然发现他对你的计划了如指掌，于是慌了阵脚，放弃了计划。所以你不可能当天晚上再次试图杀死他——你和警方是这么说的，对不对？"

"是的。"

"这是个很聪明的想法，至少我当时相信了。但这对布朗特来说太过隐晦了，X 承认曾计划谋杀 Y，而 Y 被杀死了，因此凶手很可能是 X，这就是他的思维方式。高估一名警察的头脑或低估他的判断力都是相当危险的。还有一件事：你几乎没有留下任何让警方怀疑别人的线索。"

菲利克斯脸红了。"听着，我没那么冷酷无情。你不会真觉得我有能力让警方指控无辜之人吧？"

"不，你不会蓄意引导。但你在日记里写下的只言片语让我一度认为是那个老妇人谋杀了她儿子，布朗特也在日记中找出了指控菲尔的线索。"

"我承认自己不介意看到艾瑟尔·拉特利被吊死，她把菲尔的生活搞得一团糟。但我没想到你会怀疑她。至于菲尔，你知道我宁死也不愿让他受到任何伤害。事实上，"菲利克斯低声道，"菲尔在某种程度上促成了乔治·拉特利之死。如果不是每天都能看到他对菲尔的折磨，我可能会因为胆怯或无助而放弃杀死乔治的念头。但是看到可怜的菲尔，我就觉得好像看到了马蒂！天哪，如果我杀了乔治，菲尔却遭遇了什么不幸，这一切就都没有意义……"

"不,菲尔没事。他肯定没有做蠢事。"奈杰尔努力安慰道,"那你原本是打算如何掩盖乔治的死因的?"

"当然是伪造成自杀。只不过莲娜拿走瓶子让菲尔藏了起来,我想这就是我应得的报应吧。"

"可乔治自杀的动机何在?"

"我知道那一晚他会情绪激动地从河里归来,人们会注意到这一点。验尸官通常会问这样的问题——死者的精神状态是否正常?我希望警方认为他是一时头脑发热,害怕马蒂死亡的真相被公之于众,类似这样的原因吧。我还知道他会在回去的路上给汽修厂打电话取车,这样他就可以很轻松地拿到毒药。不过,我真的不太关心他自杀的动机,我只想在他对菲尔造成更多伤害之前终结他的性命。"菲利克斯停顿了片刻,"很奇怪,我这周一直很怕事情败露,但现在真相大白,我却没什么特别的感觉。"

"我真的很抱歉结果竟是这样。"

"这不是你的错,毕竟我把你喊来也只是想利用你。布朗特探长打算现在就逮捕我吗?"

"布朗特对此还一无所知,"奈杰尔缓缓地说,"他仍然认为菲尔就是凶手。这其实是件好事,这样他寻找菲尔就会更上心。"

"布朗特不知情?"菲利克斯站在抽屉柜旁,背对着奈杰尔,"竟然是这样,你没有告诉他。"他打开其中一个抽屉,转过身来,眼里流露出狂热的目光,手中拿着一把左轮手枪。

奈杰尔不动声色,神态轻松。他清楚自己无能为力,这间房内只有他们二人。

"今天早上,得知菲尔失踪后,我去了拉特利家。我并没有在那里找到他,但我找到了乔治的这把枪,我想它也许会派上用场。"

奈杰尔眯起眼睛,用一种颇感兴趣、又有些许不耐烦的神情看着菲利克斯。

"你不会是想杀了我吧?真的,没有必要——"

"奈杰尔先生!"菲利克斯大吼着,伤心地朝他微笑,"你怎么会这么想?不,我只是想给自己用。我参加过一次杀人案的庭审,不想再参加第二次了。如果我开枪,你会阻止我吗?"他挑剔地审视着手中的左轮手枪。

奈杰尔看着他,知道他做出这样的决定是出于强大的意志力还有自尊心。自尊心,还有艺术家对戏剧性的渴望让他做出了这样的举动,而不是顺从求生的本能。在极端的压力之下,人们都会倾向于给眼前的现实蒙上戏剧的面纱,只有这样我们才能容忍不可承受的悲痛。

过了一会儿,奈杰尔说:"听着,菲利克斯,我不想把你交给布朗特,因为我认为乔治·拉特利死有余辜,但我也不能对此保持沉默。你得考虑菲尔,还有,布朗特过去一直非常信任我。如果你愿意写一份供词——最好由我口述给你,囊括本案的所有要点,然后你写上'布朗特收',投入旅馆的邮筒,之后我就可以去睡一下午。我真的很想睡觉,我的脑袋一直在嗡嗡作响。"

"你真是大英帝国的谈判天才。"菲利克斯困惑地看着他,"我应该为此感谢你,是吗?……是的,没错。这样总比使用左轮手枪好——不会弄得无法收拾。我要继续战斗。"

菲利克斯的眼里又出现了光彩,奈杰尔疑惑地看着他。

"假如我能去到莱姆雷吉斯……我的船在那儿,他们绝对想不到我会乘船逃跑。"

"但是,菲利克斯,你没有机会逃到——"

"我也不想要什么机会。现在我明白了,马蒂死后我就已经死了。我只是为了拯救菲尔短暂地复活了几周。我想死在海上,在生命的最后与风浪搏斗。他们能让我驶进大海吗?"

"很有可能。布朗特和所有警力都在寻找菲尔,就算他曾经紧盯着你,现在也不会了。你的车就在这里,你可以——"

"我还可以剃掉胡子!上帝啊!我也许能挺过去。我早说过有一天我会剃掉胡子,穿过警戒线——你一定还记得那天晚上在花园里的谈话。"

菲利克斯将左轮手枪扔回抽屉,拿出剪刀和剃须用具,开始整理仪容。之后在奈杰尔的陪伴下,他写下了供词。两人来到楼梯口,奈杰尔看着他把信封扔进了邮箱。这会儿这里只有他们两个人。

"开我的车到那儿大约要三个半小时。"

"如果布朗特查到晚上才回来,你就能安全脱身。我会让莲娜保持沉默。"

"谢谢,你对我真好。我希望——在我离开之前,我想确保菲尔会平安无恙。"

"我们会帮你照顾菲尔的。"

"还有莲娜——告诉她,这样就是最好的安排。不,请转达我对她的爱,她对我太好了,我配不上。好了,再见了,我的生命应该会在今晚或明天走到尽头,死后的世界真的存在吗?如果天堂或地狱里有人能告诉我这些事情为什么会发生就好了。"他对着奈杰尔咧嘴一笑,"洞悉事物真理的人无比幸运①。"

奈杰尔听到了汽车引擎的轰鸣。"可怜的家伙,"他喃喃自语道,"但我真的觉得他还有希望,坐上他的小艇,迎风启航。"

奈杰尔去找莲娜了……

---

① 出自维吉尔《农事诗》第二卷第四九〇行。

尾 声

以下内容出自奈杰尔·斯特兰奇韦斯关于拉特利案的记录。

摘自格罗斯特郡的《每日电讯信使报》：

昨天早晨，一个名叫菲利普·拉特利的男孩从家乡塞文布里奇失踪。该男孩被发现时位于夏普尼斯。据《每日电讯信使报》记者采访，男孩的母亲拉特利夫人表示："菲利普藏在一艘货轮中，今天早晨货轮在夏普尼斯卸货时有人找到了他，好在他并无大碍。他父亲刚刚去世，他只是太难过了。"

菲利普·拉特利是乔治·拉特利的儿子，而乔治·拉特利是当地的名人，警方正在调查他的死因。负责调查的苏格兰场布朗特探长今天上午表示，他有信心早日将凶手缉拿归案。

弗兰克·凯恩斯依然杳无音讯，他于昨天下午消失于借住的旅馆内，警方希望就乔治·拉特利的死亡向他提出质询。

摘自《每日邮报》：

昨天下午，一具男尸在波特兰岛被冲上岸，经确认为弗兰克·凯恩斯的尸体。警方一直在寻找这名与拉特利毒杀案有牵连的嫌疑人。在发现了凯恩斯的帆船泰莎号于上周末被冲上岸的残骸后，调查便一直集中于这片海岸。

凯恩斯是一名为读者所熟知的侦探小说作家，笔名为菲利克斯·雷恩。

乔治·拉特利一案的延期审讯将于明天在塞文布里奇举行。

奈杰尔·斯特兰奇韦斯的笔记：

至此，最令我难过的案件结束了。恐怕布朗特仍对我有些怀疑，他总是尽可能不冒犯地暗示我。"很遗憾凯恩斯就这样从我们手中溜走了。"他会这么说，然后用犀利而冰冷的目光看着我，比任何直截了当的指责都令人不安。不过，我还是很高兴自己给了菲利克斯机会，让他用自己希望的方式结束人生。至少，相对于肮脏的本案来说，这是一个干干净净的结局。

在勃拉姆斯所作的《四首严肃歌曲》的第一首中，他是这样解释传道书第三章第十九节的："野兽必死，人亦必死，二者的归宿皆是死亡。"这便是乔治·拉特利与菲利克斯的墓志铭。